Paul Stewart & Chris Riddell

ENGELBERT DE ENORME

Modderland trilogie

BOEK 1

Piramide

STICHTING NEDERLANDSE
KINDERJURY
2005

Oorspronkelijke titel: *Muddle Earth – Engelbert the Enormous*
Verschenen bij Macmillan Children's Books, Londen
Copyright tekst en illustraties © Paul Stewart en Chris Riddell 2003
Voor deze uitgave:
© 2005 Piramide, een imprint van uitgeverij De Fontein, Baarn
Vertaling: Erica Feberwee
Omslagontwerp en zetwerk: Hans Gordijn

ISBN 90 261 3102 X
NUR 283

Woord vooraf

De avond viel over Modderland. De zon was onder, de hemel werd steeds donkerder, en twee van de drie manen stonden al boven de toppen van de Muffe Bulten. Een van de manen was zo paars als een vleermus. De andere was geel, als de onderbroek van een mensenetende reus op wasdag. Allebei stonden ze vol en stralend aan de hemel.

Overal klonken de geluiden van dagdieren (zoals boomkonijnen, bergvissen en roze stinkzwijnen) die gingen slapen en goedenacht zeiden tegen de nachtdieren (steltmuizen, luilijsters en winderige plofkikkers), voor wie het leven nu pas op gang kwam. Hoog boven hun koppen zweefden vleermussen langs de paars-met-geel gestreepte hemel. Doordat ze voortdurend tegen elkaar botsten, vulde de lucht zich met hun kenmerkende roep: 'Au!'

In het Elfenwoud bogen en zwichtten de bomen onder de kille wind die door hun takken huilde. In het Geparfumeerde Moeras borrelde en pruttelde de drassige modder, en ver weg in de Reuzenheuvels klonk het gesabbel van wel duizend duimen waarop werd gezogen, terwijl duizend slaperige stemmen zachtjes om hun mammie riepen.

In het drukbevolkte Dwergenstede gingen overal de lichten aan. De dwergen waren bezig met eten koken, dus de lucht was gevuld met de geuren van slechte-adempap en snotbrood – en met de geluiden van te veel koks.

'Heb je er al in gespuugd?'

'Nee.'

'Doe dat dan. Het moet de oven in.'

Anders dan Dwergenstede was Trollenbrug gehuld in een koude, klamme duisternis. De trollen konden hun avondmaal van kolen en rapen niet eens zien! Hun diepe stemmen klonken brommend op vanuit hun huizen onder de brug.

'Heeft iemand mijn mangelwortel gezien?'

'Ja, hier.'

'AU! Dat was mijn hoofd!'

Terwijl de paars-met-gele schaduwen van de Boemberg neerdaalden op het reusachtige kasteel van de Gehoornde Baron aan de voet daarvan, klonk er uit een raam in de hoogste toren een schelle, doordringende stem. Wéér iemand in Modderland die moeite had met het verschil tussen een wortel en een hoofd.

'Walter, bietenkop! WÁLTER! Waar zít je?' Het was Ingrid, de vrouw van de Gehoornde Baron, en ze klonk verre van gelukkig.

'Ik kom eraan, mijn zoetelief,' riep de baron terwijl hij de wenteltrap beklom.

'Ik heb iets ontdekt wat ik móét hebben!' vervolgde Ingrid. 'Hier, in deze catalogus. Zingende gordijnen. Luister: "Geen zichzelf respecterende vrouw van een Gehoornde Baron zou zich de weelde moeten ontzeggen van deze betoverde raambekleding, die haar bij het naar bed gaan teder in slaap sust en haar bij het aanbreken van de nieuwe dag lieflijk wekt met een lied." Dat wil ik ook, Walter: in slaap gesust worden door zingende gordijnen en gewekt worden met een lied. Heb je me gehoord?'

'Luid en duidelijk, mijn hartendief,' antwoordde de Baron vermoeid. 'Een beetje al té luid en duidelijk,' voegde hij er zachtjes aan toe.

Even later verscheen de derde maan van Modderland – een kleine, heldergroene bol die zich blijkbaar alleen maar liet zien als hij daar zin in had. Samen met de gele en de paarse maan vormde hij een volmaakt gelijkzijdige driehoek aan de hemel. De drie manen deden het Betoverde Meer oplichten, dat hoog boven de grond zweefde. Op het glinsterende wateroppervlak deinden zeven prachtige woonboten.

Zes van de boten lagen er donker en verlaten bij. De zevende baadde in een oranje gloed, als van een olielamp. Een korte, welgedane gestalte die luisterde naar de naam Randalf, staarde uit een van de bovenramen naar de driehoek van de gekleurde manen. Op zijn kalende hoofd zat een parkiet.

'Norbert,' zei de welgedane gestalte ten slotte tegen zijn knecht. 'De sterren staan gunstig. Breng me mijn punthoed. Ik voel dat er een toverspreuk aan zit te komen!'

'Tot uw dienst, heer.' Norbert klonk weliswaar bars, maar hij bedoelde het goed. Terwijl hij met zware tred naar de kast van de tovenaar liep, begon de boot nog harder te deinen en te wiebelen. Norbert Nietzogroot was – naar reuzenmaatstaven gemeten – een tamelijk spichtig wezen, maar zelfs spichtige reuzen zijn nog altijd groot en zwaar.

'Je voelt dat er een toverspreuk aan zit te komen?' zei de parkiet, die Veronica heette. 'Ik doe een gok! Is het soms de spreuk om een heldhaftige krijger naar Modderland te roepen?'

'Het zou kunnen.' Randalfs stem verried dat hij zich in de verdediging gedrongen voelde.

Veronica snoof. 'Wat bén je nou voor tovenaar? Je ként maar één toverspreuk.'

'Ja, ja, dat weet ik nou onderhand wel,' zei Randalf ongeduldig. 'Ik doe mijn best. Nu alle andere tovenaars... eh... verdwenen zijn, moet ik helemaal alleen op de winkel passen.'

'Dit is een woonboot, geen winkel,' zei Veronica. 'En de andere tovenaars zijn niet verdwénen, ze zijn...'

'Veronica, hou je snavel!' zei Randalf scherp. 'Je had me beloofd dat je daar nooit meer over zou beginnen. Zoiets verschrikkelijks kunnen we maar beter vergeten.'

De woonboot schommelde opnieuw heftig toen Norbert terugkwam. 'Uw punthoed, heer.'

Randalf zette hem op. 'Dank je wel, Norbert,' zei hij, terwijl hij uit alle macht probeerde zich niet langer aan het gedrag van Veronica te ergeren. Wat was ze toch een bétweter! Waarom had hij niet gewoon een aardige huisgeest, die niet zo moeilijk deed? Een winderige plofkikker of een slijmerige moerasduvel? Die roken weliswaar verre van aangenaam, maar ze gaven je tenminste niet voortdurend een grote mond, zoals die ellendige parkiet! Nou ja, hij zat met Veronica opgescheept, dus hij moest er maar het beste van maken. Trouwens, dat deed hij met alles.

Zorgvuldig haalde hij een stukje papier te voorschijn uit de plooien van zijn mantel, hij vouwde het voorzichtig open en schraapte zijn keel.

'Nu zullen we het hebben,' klonk een gesmoorde stem vanonder zijn hoed, terwijl Randalf met de spreuk begon. '*Gegroet, o Drietal Manen van Modder. Laat uw licht schijnen over deze Woorden van Magie welke ik tot u zal richten... eh...*'

'Prachtig! Maar dat wisten we al,' viel Veronica hem in de rede. 'Het gaat om het laatste deel! Dáár moet je je op concentreren.'

'Dat weet ik,' mompelde Randalf met zijn tanden op elkaar. 'Hou je snavel. Ik doe mijn best!'

'Dat is dan voor het eerst.' Veronica werkte zich met enige moeite onder de rand van de hoed vandaan.

Randalf keek met een ongelukkig gezicht naar het papiertje waarop de toverspreuk stond. Hij vond het afschuwelijk om toe te geven, maar Veronica had gelijk. Het ging inderdaad om het laatste gedeelte van de spreuk. Het probleem was alleen dat het onderste randje van het papier was afgescheurd, en daarmee het belangrijkste gedeelte van de toverspreuk om een heldhaftige krijger op te roepen. Dus hij zou – niet voor het eerst – zelf iets moeten verzinnen.

'*Schepper van Wonderen, Meester van Moeilijke Kunsten, Bezitter van Adembenemende Vaardigheden...*' begon hij.

'Overdrijf het nou niet!' waarschuwde Veronica. 'De vorige keer dat je om een heldhaftige krijger vroeg, zei je ook zoiets. En je hebt gezien wat ervan kwam! Of wil je soms weer een Theodorus Taartversierder?'

'Nee, je hebt gelijk.' Randalf wreef peinzend over zijn baard. 'Ik geloof dat ik eruit ben,' zei hij ten slotte. 'Wat vind je hiervan?' Hij haalde diep adem.

'*Sterk... getrouw... en...*' Hij schonk Veronica een dreigende blik. '*Harig. O, Drietal Manen, schijn op ons neer, schenk ons een held, een machtig krijger, breng ons een man van eer!*'

Een felle lichtflits... een luid gekraak... en uit de haard bolden wolken paarse, gele en groene rook naar buiten. Randalf, Norbert en Veronica draaiden zich met een ruk om en staarden met open mond – en snavel – naar de gedaante die zichtbaar werd toen de rook begon op te lossen.

'Wat is dát?' vroeg Norbert.

Veronica snaterde van pret. 'Ik zou maar één ding willen zeggen.' Ze grinnikte. 'Theodorus Taartversierder, kom alsjeblieft bij ons terug! Alles is vergeven en vergeten!'

'Veronica, hou je snavel!' zei Randalf. 'En hou op met gniffelen. Het komt allemaal goed. Heus. Ik kan het weten, want ik ben tovenaar!'

Bart smeet woedend zijn pen op het papier en drukte zijn handen tegen zijn oren om de herrie om hem heen buiten te sluiten.

'Dit is hopeloos!' brulde hij. 'Echt hopeloos!'

De herrie kwam van alle kanten – van boven, van beneden, uit de kamer naast de zijne... Het was alsof hij klem zat tussen een reusachtige dubbele boterham met lawaai.

Boven aan het lege vel papier dat vóór hem op zijn bureau lag, stond de titel van zijn opstel: 'Mijn Verbijsterende Avontuur'. Het was nog vroeg in de avond, aan het eind van een zonnige, zomerse zondag, en als Bart zijn huiswerk de volgende ochtend af wilde hebben, moest hij dringend aan de slag. Maar hoe kon hij in 's hemelsnaam werken, met dat helse kabaal om zich heen?

Bart Barentsz woonde in een klein bakstenen huis, samen met zijn vader en moeder, zijn grotere zus, zijn jongere tweelingbroertjes en met Hendrik, zijn hond. Voor een buitenstaander leken de Barentszjes een gezellig, rustig gezin. Eenmaal binnen bleek de werkelijkheid echter héél anders.

Mevrouw Barentsz werkte bij een bank. Ze was lang en slank, met donker haar, en ze deed niets liever dan haar huis schoonmaken. Meneer Barentsz – in het dagelijks leven reizend vertegenwoordiger en 's avonds, in de weekends, in de vakanties en in elk beschikbaar vrij uurtje een fanatieke  doe-het-zelver – was vrij klein, stevig gebouwd en pas gelukkig wanneer hij een elektrisch stuk gereedschap in zijn handen hield.

In de loop der jaren had meneer Barentsz een garage uit de grond gestampt, hij had de zolder verbouwd, hij had kamers doorgebroken, hij had in het hele huis planken en kasten getimmerd, een kas in elkaar gezet, de tuin aangelegd, en op dit moment was hij bezig met de uitbreiding van de keuken. Althans, zo noemde híj het. In de ogen van mevrouw Barentsz deed haar man wat hij het allerbeste kon, namelijk rommel maken.

Op dit moment was de elektrische boor in een hevige strijd gewikkeld met de stofzuiger. Mevrouw Barentsz achtervolgde haar man door de keuken, met de steel van de stofzuiger als een lichtzwaard geheven, om al het stof uit de lucht te zuigen voordat het de kans kreeg te gaan liggen.

Terwijl het lawaai de vloer van zijn kamertje deed trillen, schudde Bart zijn hoofd. Op deze manier zou hij zijn huiswerk nooit afkrijgen, en als dat niet lukte, kreeg hij het aan de stok met juffrouw Dirks.

Hij vroeg zich vermoeid af waarom zijn vader niet een leuke, rustige hobby koos – schaken of borduren – en waarom zijn moeder niet een beetje minder fanatiek kon zijn als het ging om stof en vieze vegen. Of waarom zijn zus Ella, die de verbouwde zolderkamer boven Barts hoofd in gebruik had, bij alles wat ze deed – van bladeren in een tijdschrift tot zich optutten – zo nodig keiharde, dreunende muziek moest draaien. En waarom de tweeling geen ander spelletje wist te verzinnen dan elkaar gillend achternazitten, trap op en trap af.

Bart deed zijn bureaula open, haalde zijn oordoppen te voorschijn en stond net op het punt ze in zijn oren te stoppen, toen Hendrik een bloedstollend gejank liet horen en uitzinnig begon te blaffen.

'Nou ben ik het zat!' schreeuwde Bart. Hij sprong op van zijn bureaustoel en stormde de kamer uit. 'Hendrik!' riep hij. 'Kom eens hier, jochie.'

Het geblaf werd luider en kwam uit de badkamer. Dat gold trouwens ook voor de verrukte kreten van Mark en Matt.

'Hij is hier, Bart!' riep de tweeling.

'Hendrik!' riep Bart weer. 'Aan de voet!'

Hendrik kwam de overloop op rennen en bleef kwispelstaartend voor Bart staan, met zijn tong uit zijn bek.

De tweeling volgde in zijn kielzog. 'Hij stond weer uit de wc te drinken!' riepen ze opgewonden. 'Dus we hebben doorgespoeld!'

Bart keek neer op Hendriks druipende, harige snoet. 'Net goed,' zei hij lachend.

De hond blafte uitgelaten en stak zijn poot uit. Boven op zolder ging de deur van Ella's kamer open, en de muziek klonk luider dan ooit. 'Zorg dat die hond zijn kop houdt!' zweefde Ella's boze stem langs de zoldertrap naar beneden.

Beneden was het geluid van de elektrische boor abrupt vervangen door een luid gehamer.

'Kom op, jochie,' zei Bart. 'We moeten weg uit dit gekkenhuis!'

Hij draaide zich om, en met Hendrik op de hielen liep hij de trap af, pakte de riem van de haak bij de deur en wilde net naar buiten gaan, toen zijn moeder hem in de gaten kreeg.

'Waar ga jij naartoe?' riep ze boven het geluid van de stofzuiger en de hamer uit.

'Naar buiten.' Bart deed de deur open.

'Naar buiten? En dan? Waar ga je heen?'

Maar Bart was de deur al uit.

Het park lag er verlaten bij. Bart pakte een stok en gooide hem zo ver mogelijk weg. Hendrik stormde erachteraan, en het duurde niet lang of hij was terug en liet de stok voor Barts voeten vallen, met een smekende blik naar zijn baasje om opnieuw te gooien. Bart grijnsde. Hoe zwaar hij het soms ook had, Hendrik wist hem altijd weer op te vrolijken. Hij wreef de hond over zijn oren, gooide de stok opnieuw weg en rende achter Hendrik aan.

Samen stoven ze over het gras, langs een groepje bomen, een heuvel af. Toen ze het slootje aan de voet daarvan naderden, floot Bart Hendrik terug en deed hij de hond aan de riem. Zijn moeder zou in alle staten zijn als Hendrik in het smerige water sprong!

Liefdevol klopte hij de hond op zijn kop. 'Kom mee, jochie. We kunnen maar beter teruggaan. Dat opstel moet af, en dat gaat nou eenmaal niet vanzelf.' Hij draaide zich om en begon terug naar huis te lopen. 'Mijn Verbijsterende Avontuur,' mompelde hij. 'Wat een stomme titel... Hendrik, wat is er?'

Hendrik stond ineens doodstil, met zijn nekharen overeind, zijn oren gespitst, zijn neus in de lucht.

'Wat is er, jochie?' Bart liet zich op zijn knieën zakken en volgde de waakzame blik van de hond.

Hendrik begon te janken en trok aan zijn riem.

'Wat zie je?' mompelde Bart. 'Toch geen eekhoorn, hoop ik? Je weet wat er de laatste ke.... *aaaargh!*'

Hendrik was niet meer te houden en schoot naar voren. Met zijn neus tegen de grond gedrukt stoof hij recht op een enorme rododendron af, Bart met zich meesleurend. Het goede nieuws was dat Hendrik koers zette naar een gat in het donkere gebladerte. Het slechte nieuws dat het gat niet groter was dan de gemiddelde hond.

'Hendrik! Hendrik, blijf staan!' schreeuwde Bart, en hij trok uit alle macht, maar tevergeefs, aan de riem. 'Blijf staan! Domme, onnozele...'

De rest van zijn woorden ging verloren in een mondvol bladeren toen Bart hardhandig de struik in werd getrokken. Hij boog zijn hoofd en probeerde met zijn vrije hand zijn ogen zo goed mogelijk af te schermen, terwijl Hendrik hem hoe langer hoe dieper het gebladerte in sleurde.

Plotseling verschenen er zilverkleurige strengen elektriciteit tussen de takken en het gebladerte die een soort statisch geknetter produceerden. De lucht begon te trillen en vulde zich met de geluiden van een soort trage, treurige muziek – en de geur van aangebrand geroosterd brood.

'Wat is er in 's hemelsnaam...' begon Bart buiten adem, maar toen werd hij voorover een lange, verlichte tunnel in getrokken. De muziek werd luider. De brandlucht werd sterker en sterker, tot...

Baf!

'Aargh!' riep Bart. Hij viel nog steeds, maar nu voelde hij de zijkanten van de tunnel langs zijn ellebogen en zijn knieën schampen en schuren. En het was pik-, pikdonker om hem heen. Schreeuwend van angst en pijn liet hij de hondenriem schieten. Onmiddellijk was Hendrik – die tot op dat moment vlak vóór hem naar beneden was getuimeld – verdwenen. Ten slotte – na wat hem een eeuwigheid leek – kwam Bart de langgerekte, verticale gang uit rollen en landde hij met een harde dreun op iets hards.

Toen hij zijn ogen opendeed, zag hij dat hij op een betegelde vloer zat. Hij voelde zich beurs, verdwaasd en hij had geen idee wat er was gebeurd. Het enige wat hij wist, was dat hij werd omringd door een dikke, verstikkende stofwolk.

Was hij in een gat onder de struik gevallen?

Had hij zijn hoofd zo hard tegen een tak gestoten, dat hij even helemaal de kluts kwijt was?

Toen het ronddwarrelende stof eindelijk ging liggen, ontdekte Bart dat hij in een haard zat, achter een reusachtige kookpot die aan een ketting hing. Daarachter kon hij een schemerig verlichte kamer onderscheiden, met zo on-beschrijfelijk veel rommel als hij nog nooit had gezien.

Tegen alle muren stonden tafels, beladen met potten, pa-perassen en allerlei merkwaardige spulletjes. Er stonden krukken en kasten, en er waren boekenplanken, stuk voor stuk hoog opgestapeld met dozen, flessen en boeken. Elk stukje muur was bedekt met planken en kasten, kaarten en plattegronden, en aan ontelbare haken hingen bosjes tak-ken, wortels en gedroogde planten, maar er waren ook op-gezette vogels en andere dieren, en glimmende instrumen-ten waarvan Bart niet het flauwste benul had waar ze voor dienden. De vloer stond vol met uitpuilende zakken, aarde-werken potten en diverse hoekige bouwsels van hout en metaal, met springveren, zuigers en tandraderen. Te mid-den van die chaos stonden twee gedaanten, met hun rug naar Bart toe gekeerd.

De ene was kort en gezet, met borstelig wit haar onder een hoge punthoed. Op de rand van die hoed zat een blauwe parkiet. De andere gedaante was fors, knoestig en zo lang dat hij moest bukken om niet tegen de zware kan-delaar boven zijn hoofd te stoten.

'Hij zegt niet veel, heer,' zei de stevige, knoestige figuur.

'Hij behoort duidelijk tot het krachtige, zwijgzame type, Norbert,' antwoordde de gezette gedaante.

'Anders dan Theodorus Taartversierder,' zei de parkiet.

De gezette gedaante bukte zich. 'Wees maar niet zo ver-legen,' zei hij. 'Ik ben Randalf. Vertel ons eens hoe jij heet.'

Bart krabbelde overeind, nog altijd niet in staat te bevat-ten wat er gebeurde. Dit kon toch niet waar zijn! Je ging een eindje met je hond wandelen, je viel in een struik en vervol-

gens belandde je in iemands keuken. Zulke dingen gebeurden toch niet? Bart sloot zijn ogen en schudde zijn hoofd. Trouwens, waar wás Hendrik?

Net op dat moment blafte de hond, kort en met een scherpe klank.

'Wraf?' zei Norbert, in verwarring gebracht. 'Zei hij "wraf", heer?'

'Ja, Wraf!' De kleine, gezette gedaante knikte enthousiast. 'Natuurlijk! Een uitstekende naam voor een krijgsheld. Kort maar krachtig.' Hij bukte zich weer en voegde er op samenzweerderstoon aan toe: 'Wraf de Sterke? Wraf de Slachter? Wraf de... Harige?'

Hendrik blafte opnieuw.

'Hendrik!' riep Bart.

De hond stak zijn kop om de benen van Norbert, begon uitzinnig met zijn staart te kwispelen en sprong naar de haard. Bart bukte zich, ving hem op en drukte hem dicht tegen zich aan. Ook al was het dan allemaal maar een droom, het was toch heerlijk om een vertrouwd gezicht te zien.

'Wie ben jíj?' klonk een schelle stem.

Bart keek op naar de twee figuren die hem aanstaarden. De kortste van de twee had een ruige, witte baard. De langste had drie ogen. Allebei stonden ze roerloos, met – vijf – grote, verbaasde ogen, hun mond wijd opengesperd. Het was de parkiet die de vraag had gesteld.

'Ik vroeg, wie ben jíj?' herhaalde het vogeltje streng.

'Ik... ik ben Bart, maar...'

'Zie je dat dan niet, Veronica?' riep Randalf uit. 'Dat moet zijn strijdmakker zijn,' zei hij, wijzend op Bart. 'Alle goede krijgshelden hebben een strijdmakker. Lothgar de

Leugenachtige had Helsgebroed de Kobold, Wendigor de Weerzinwekkende had Sworg de Bloedpukkel...'

'Theodorus Taartversierder had Paulette de poedel,' mompelde Veronica.

'Veronica, hou je snavel!' beet Randalf haar toe. 'Je zult mijn huisgeest moeten verontschuldigen,' zei hij tegen Hendrik. 'Ze begint het de laatste tijd wat hoog in haar parkietenkop te krijgen.' Hij keerde zich naar Bart. 'Ik heb gelijk, waar of niet? Jij bent de strijdmakker van Wraf de Harige. Ben je soms zijn zwaarddrager? Of zijn bijlscherper?'

'Nee, niet echt,' zei Bart, nog altijd een beetje verdwaasd. 'Trouwens, hij heet Hendrik en geen Wraf. Ik had zijn riem vast, en toen...'

'Dus je bent zijn ríémdrager,' viel Randalf hem in de rede. 'Bart de riemdrager. Hmmm. Ongebruikelijk, dat moet ik toegeven. Maar niet geheel onvoorstelbaar.'

De parkiet, die kleine, maar stevige veterlaarsjes droeg, kuchte. 'Nou, ík kan me er in elk geval níks bij voorstellen,' zei ze.

'Veronica, hou je snavel!' zei de korte, gezette gedaante, en hij joeg de vogel van de rand van zijn hoed. 'Waar zijn onze manieren?' vervolgde hij, en hij keerde zich weer naar Hendrik. 'Laat ik me eerst eens netjes voorstellen. Ik ben Randalf de Wijze, de hoogste tovenaar van Modderland.'

'De énige tovenaar van Modderland, kun je beter zeggen,' zei Veronica, die neerstreek op zijn schouder.

'En dit is mijn knecht,' vervolgde Randalf, zonder zich van de wijs te laten brengen. 'Norbert – of Norbert Nietzogroot, om hem bij zijn volledige titel aan te duiden.'

'Niet zo groot?' flapte Bart er stomverbaasd uit. 'Maar hij is reusachtig!'

'Hij is langer dan jij en ik, dat moet ik toegeven,' zei Randalf. 'Maar voor een mensenetende reus is Norbert een klein en tamelijk spichtig exemplaar.'

'Je zou mijn vader eens moeten zien!' Norbert knikte heftig. 'Díe is pas reusachtig.'

'Maar ter zake, Hendrik de Harige,' vervolgde Randalf. 'Ik heb je hierheen geroepen, grote krijgsheld, om...'

'Krijgsheld?' viel Bart hem in de rede. 'Hendrik is geen krijgsheld. Hendrik is mijn hond!'

Hendrik begon blij met zijn staart te kwispelen en liet zich op zijn rug vallen, met zijn poten in de lucht.

'Wat doet hij nou?' vroeg Norbert, met zijn drie ogen wijd opengesperd en met een klank van paniek in zijn stem.

'Hij wil dat je hem kriebelt, op zijn buik,' zei Bart, en hij schudde ongelovig zijn hoofd. 'Ik weet zeker dat ik elk moment wakker kan worden in het ziekenhuis, met een groot verband om mijn hoofd.'

'Vooruit, Norbert! Kriebel hem op zijn buik!' zei Randalf.

'Maar, heer...' begon de reus zwakjes.

'Kriebelen!' zei Randalf. 'Dat is een bevel!'

Op het moment dat Norbert zich bukte, slingerde de kamer heftig heen en weer. Toen begon de reus Hendrik met een van zijn enorme vingers op zijn buik te kriebelen.

'Ga door, ga door,' zei Randalf ongeduldig. 'Hij bijt heus niet.' Daarop richtte de tovenaar zich met een verontschuldigende glimlach tot Bart. 'Ik geloof dat er sprake is van een klein misverstand,' zei hij, over zijn baard strijkend.

'En dat is bepááld niet voor het eerst!' tjilpte de parkiet.

'Veronica, hou je snavel! Ik verkeerde in de veronderstelling dat Hendrik de Harige de krijgsheld was die ik had opgeroepen – sterk, trouw en... eh... harig. Maar als het waar is wat je zegt, en als Hendrik een hond is, dan moet jíj de krijgsheld zijn...'

'Hij ziet er anders niet sterk uit. Trouwens, ook niet erg harig,' zei Veronica geringschattend. 'Als híj een krijgsheld is, dan ben ik Meester Troetel uit Giechelveld!'

'Veronica!' snauwde Randalf. 'Ik heb het je niet één keer maar wel duizend keer gezegd: noem die naam nóóit meer in mijn aanwezigheid!'

'Nee, want die roept zoete herinneringen op, hè?' zei Veronica hatelijk. Toen ze opfladderde, haalde Randalf nijdig naar haar uit.

'Au! Pas op waar je vliegt!' Norbert deed een stap naar achteren toen de parkiet tegen zijn oor botste.

Bart klampte zich haastig aan de grote hangende kookpot vast, want de hele kamer begon weer te kantelen.

'Kop dicht, uit je krachten gegroeide domoor!' zei Veronica vinnig.

'Poeh! Wat ben jij nou helemaal? Katterige miezerpiet!' bromde Norbert.

Bart keek met open mond van verbazing hoe de tovenaar, de reus en de parkiet elkaar in de haren vlogen. Dit was volslagen krankzinnig! Wie waren dit? Waar was hij? En wat het belangrijkste was, hoe kwam hij weer thuis?

'Het was... het was erg leuk om kennis met jullie te maken!' onderbrak hij de drie kemphanen. 'Maar het wordt al laat, en ik moet mijn huiswerk nog maken. Dus ik moet echt gaan...'

Het drietal staakte abrupt hun getier, gevit en gemopper en keerde zich naar hem.

'Het wordt al laat?' herhaalde Randalf.

'Je moet gaan?' zei Norbert.

Op de rand van de hoed van de tovenaar sprong Veronica hevig ontdaan en met opgezette veren op en neer. 'Jij gaat helemaal nergens heen!' snaterde ze.

'Au!' Bart wreef over zijn arm.

'Nog eens, heer?' vroeg de reus met de drie ogen terwijl hij zich over hem heen boog.

'Nee, drie keer is meer dan genoeg,' zei Bart spijtig.

Er ging niets boven een reus die je in je arm kneep, om je ervan te overtuigen dat je niet droomde. En daarvan was Bart inmiddels volledig overtuigd. Maar als hij niet droomde, waar was hij dan in 's hemelsnaam? En hoe was hij daar gekomen? Hendrik likte kwispelstaartend de hand van de reus.

Voordat Bart de kans kreeg iets te vragen, kwam er een explosie van lawaai uit de klok aan de muur boven de haard. Er klonk gehoest, gevolgd door het geluid van een klein keeltje dat werd geschraapt, en van vuisten en laarzen die op een houten deur bonsden. Het duurde niet lang of het deurtje vloog open, en er kwam een kleine elf naar buiten springen, gekleed in een smoezelige onderbroek en met een stuk elastiek om zijn middel.

'Vijf uur!' krijste hij, en toen het elastiek aan het eind van zijn rek was gekomen, werd de elf teruggetrokken en verdween hij met een gesmoorde dreun weer in de klok.

'Vijf uur?' zei Randalf berustend. 'Maar het is al donker buiten!'

Het deurtje sprong opnieuw open, en de elf stak zijn hoofd om de hoek. 'Of zoiets,' zei hij. Toen was hij weer verdwenen.

'Die ellendige klok loopt voor de zoveelste keer achter,' bromde Randalf. 'Ik denk dat het uurwerk moet worden schoongemaakt.'

'Dat zou ik wel zeggen, ja,' zei Veronica vernietigend. 'Tenminste, als je kijkt naar die onderbroek...'

'Veronica, hou je snavel!' zei Randalf.

'Veronica, hou je snavel!' praatte Veronica hem na. 'Dat zeg je bij alles. Nou, ik ben niet van plan mijn snavel te houden! Dat noemt zichzelf tovenaar! Je hebt maar één spreuk, en zelfs die kun je niet eens fatsoenlijk gebruiken.' Ze wapperde met haar vleugel in de richting van Bart. 'Moet je dat nou zien! Ligt het aan mij, of is die zogenaamde krijgs-

25

held van je een beetje aan de korte kant? Om niet te zeggen miezerig... en stuntelig. En wat zijn harige makker betreft...'

'Veronica, dat moet je niet zeggen.' Norbert klopte Hendrik op zijn kop. 'Dan kwets je zijn gevoelens.'

Hendrik kwispelde met zijn staart.

'O, kijk eens! Zijn kwispelaar zwaait!' riep Norbert. 'Wil hij dat ik hem weer op zijn buikie kietel? Wil hij dat? Ja, wil hij dat?' Hij sprong opgewonden op en neer, zodat de kamer verontrustend heen en weer deinde en er een lawine aan boeken en gebruiksvoorwerpen op de grond kletterde.

'Norbert!' zei Randalf streng. 'Gedraag je! Denk aan hoe het Paulette de Poedel is vergaan. Je wilt toch niet dat zoiets weer gebeurt, is het wel?'

Norbert hield op met springen en schuifelde naar een hoek van de kamer.

'Erg zenuwachtige beesten, poedels,' zei Veronica, vanaf het puntje van de hoed van Randalf. 'Ze heeft het hele tapijt bedorven!'

'Veronica, hou je snavel!' riep Randalf. 'Dat is allemaal verleden tijd. We hebben nu een nieuwe krijgsheld, en ik weet zeker dat hij het prima gaat doen.' Hij pakte Bart stevig bij zijn schouder. 'Waar of niet, Bart? Hij is geknipt voor wat de Gehoornde Baron voor hem in gedachten heeft. Wanneer we hem eenmaal in zijn uitrusting hebben gehesen...'

'Een uitrusting?' zei Bart. 'Hoezo, een uitrusting? Ik wil helemaal niet in een uitrusting worden gehesen. Ik wil alleen maar weten wat er aan de hand is,' besloot hij boos.

'Kort lontje. Erg kort lontje!' zei Veronica.

'Welnee, hij heeft het vurige temperament van de ware krijgsheld,' zei Randalf. 'Het kon niet beter!'

'Waar héb je het over?' vroeg Bart. 'Ik moet terug zijn

voor het avondeten. En bovendien zit ik nog met dat opstel. Ik ben er nog niet eens aan begonnen...'

'Avondeten? Opstel?' Randalf glimlachte. 'Ach, ja. De machtige daden van een krijgsheld – het grootse toernooi van het avondeten, het heldhaftig bedwingen van het opstelmonster! Natuurlijk moet je daarvoor op tijd terug zijn, maar als je eerst een handje zou kunnen helpen bij een klein klusje dat we voor je hebben...'

'Nee, dat kan echt niet!' hield Bart vol. 'Ik moet morgen naar school. Dus ik moet naar huis! Als je me hiernaartoe hebt gehaald, dan kun je me ook weer terugsturen.'

'Daar zou ik maar niet te hard op rekenen,' mompelde Veronica.

'Ik geloof niet dat je beseft hoe moeilijk het is om een krijgsheld uit een andere wereld op te roepen,' zei Randalf plechtig. 'Helden groeien niet zomaar aan bomen, weet je. Nou ja, behalve dan in het land van de Heldenbomen. Maar het oproepen is een lang en moeizaam proces, dat kan ik je wel vertellen. En bepaald niet zo gemakkelijk als jij schijnt te denken.'

'Maar...' begon Bart.

'Om te beginnen moeten de drie manen van Modderland precies goed staan ten opzichte van elkaar – en dat gebeurt niet vaak. Als we de driehoeksconfiguratie van vanavond hadden gemist, was het niet te voorspellen geweest hoelang we op de volgende hadden moeten wachten.'

'Maar...'

'Bovendien,' vervolgde Randalf. 'Door een klein technisch mankement aan de toverspreuk...'

'Wat hij eigenlijk wil zeggen, is dat hij de helft van de spreuk is kwijtgeraakt,' zei Veronica.

Randalf negeerde haar. 'Je bent pas de tweede held die ik met succes heb weten op te roepen. De eerste was Theodorus...'

'De held met de poedel en de zak poedersuiker,' viel Veronica hem in de rede.

Bart werd zich bewust van een zacht gesnotter, en toen hij opkeek, zag hij dat er drie dikke tranen uit Norberts bloeddoorlopen ogen over zijn hobbelige wangen rolden. 'Die arme, goeie Theodorus,' zei hij snikkend.

'Huilebalk!' hoonde Veronica.

'Ach, hij heeft nooit een kans gehad!' jammerde Norbert.

'Zo is het wel genoeg. Hou allebei je mond,' zei Randalf.

'Het spijt me, heer.' Norbert veegde zijn neus af aan zijn mouw, maar hij bleef snotteren.

'Zoals ik al zei,' begon Randalf opnieuw. 'Eerst hadden we Theodorus, en nu heb ik jou opgeroepen...'

'Maar dat had je helemaal niet mogen doen!' schreeuwde Bart. 'Ik heb er toch niet om gevraagd om hierheen te worden gehaald. Om door een haag en een tunnel te worden gesleurd, en om dan hier terecht te komen in deze, deze... Ik weet niet hoe ik het moet noemen. Het lijkt wel een vuilnisbelt!'

'Het is een schande! Hoe durft hij?' klonk een gesmoorde stem uit de klok.

'Ik heb er niet om gevraagd om door een onnozele tovenaar in een uitrusting te worden gehesen! Of om me te laten beledigen door een onnozele parkiet! Of om te worden geknepen door een halfgare reus met drie ogen!' tierde Bart.

'O, jawel,' zei Norbert. 'Daar heb je om gevraagd! Ik heb

het zelf gehoord. "Knijp me." Dat zei je. "Knijp me. Want als dit een droom is..." '

'HOU JE MOND!' schreeuwde Bart. 'HOU ALSJEBLIEFT JE MOND!'

Norbert deed haastig en met grote angstogen een stap naar achteren. 'Help!' bulderde hij. 'Hij doet me wat!' En hij sprong zo hoog als het plafond dat toestond. Erg hoog was dat niet, en het volgende moment landde hij dan ook weer met beide benen op de grond.

De kamer helde vervaarlijk. Randalf viel, Veronica fladderde op, en Bart werd – als met een katapult – door de kamer geschoten.

'Aaaaargh!' schreeuwde hij terwijl hij langs Randalf en Veronica vloog en tegen de muur knalde, waarbij hij het open raam op een haar na miste. Alle lucht werd uit zijn longen geslagen, en hij viel verdwaasd op de grond. Ondertussen bleef de kamer heen en weer deinen – heen en weer, en van achteren naar voren.

'Norbert, zelfs een parkiet heeft meer hersens dan jij!' tierde Randalf.

'Zelfs een parkíét?' krijste Veronica. 'Hoe durf je?'

Randalf slaakte een diepe zucht terwijl de kamer langzaam maar zeker weer in evenwicht kwam. Toen keerde de tovenaar zich naar de reus. 'Je kunt op z'n minst zeggen dat het je spijt,' zei hij misprijzend.

'Het spijt me, heer,' zei Norbert met een ongelukkig gezicht. 'Het spijt me echt heel, heel erg.'

'Niet tegen mij, Norbert!' zei Randalf verwijtend, waarop Norbert verward zijn wenkbrauwen fronste. 'Tegen onze gast. Onze krijgsheld,' legde Randalf uit. 'Tegen Jááp.' Randalf wees naar waar Bart lag.

'Bart!' riep Norbert, vervuld van afschuw toen hij hem op de grond ontdekte. 'Heb ík dat gedaan?' vroeg hij. 'O, dat spijt me écht. Het spijt me echt verschrikkelijk.' Opnieuw kwamen er tranen in zijn ogen. 'Alleen... ik raak nou eenmaal in paniek als er iemand tegen me begint te schreeuwen. Mijn zenuwen zijn erg gevoelig. Ik zal het je nog sterker vertellen, ze hadden me bijna Norbert Nattebroek genoemd, in plaats van Norbert Nietzogroot, omdat...'

'Ja, zo is het wel genoeg,' zei Randalf. 'Help hem overeind, Norbert. En stof hem af.'

'Ja, heer. Ik zal het meteen doen, heer.' En hij liep haastig naar de andere kant van de kamer.

Bart was er inmiddels al in geslaagd op eigen kracht overeind te komen. Toen Norbert naar hem toe kwam sjokken, begon de boot opnieuw te stampen, en Bart strom-

pelde naar het open raam. 'Waar ben ik? Waarom ziet het er allemaal zo raar uit? Welk land is dit?' riep hij uit.

Randalf werkte zich langs Norbert heen en legde zijn hand op Barts schouder. 'Het ziet er "raar" uit, zoals jij dat noemt, omdat je het nooit eerder hebt gezien,' zei hij, en hij liet er plechtig op volgen: 'Welkom in Modderland.'

Bart staarde roerloos uit het raam, nauwelijks in staat te geloven wat hij zag. Om te beginnen zag hij niet de vertrouwde, witte maan, maar stonden er drie manen aan de hemel: een paarse, een gele en een groene. En dan het landschap! Dat leek in niets op wat hij eerder had gezien – uitgestrekte, lichtgevend groene wouden en glinsterende, rotsachtige woestenijen, en heel ver daarachter een keten van hoge bergen waar rook uit opsteeg.

Het merkwaardigste van alles was echter de ontdekking

dat de kamer zich – anders dan hij had gedacht – niet onder de grond bevond. Ze waren op een soort boot, besefte hij. En er waren nog meer boten. Vijf... zes andere, die zachtjes op en neer deinden op een meer dat... Nee, dat kon niet waar zijn! Hij deed zijn ogen dicht... en weer open.

Het was toch echt zo. Er was geen twijfel over mogelijk. Het meer hing hoog in de lucht, zonder ook maar iets waarop het steunde.

Bart keerde zich naar Randalf. 'Het meer,' bracht hij hijgend uit. 'Het... het zweeft!'

'Natuurlijk zweeft het,' zei de tovenaar plechtig. 'Het Betoverde Meer werd vele, vele manen geleden door de tovenaars van Modderland opgetild, en om een heel goede reden – alleen weet niemand meer wat die reden was. Hoe dan ook, ze hebben het opgetild...'

Bart fronste zijn wenkbrauwen. 'Maar... hoe dan?'

'Door machtige toverij,' zei Randalf plechtig.

'En dát is iets waar je hier tegenwoordig met een kaarsje naar moet zoeken,' klonk het hoge stemmetje van Veronica.

'Toverij?' herhaalde Bart zacht. Hij schudde zijn hoofd. 'Maar...'

'Breek er je hoofd niet over, jonge krijgsheld uit een ver land,' zei Randalf. 'Je hebt nog veel te leren. En gelukkig ben ik een uitstekende leraar.'

'Ja, en ik ben een winderige plofkikker!' kwetterde Veronica.

'Veronica, hou je snavel!' zei Randalf.

'Daar ga je weer,' zei Veronica verontwaardigd, en ze keerde hun de rug toe.

'Zoals ik al zei,' vervolgde Randalf, 'ik zal je alles leren wat je moet weten om het klusje te klaren waarvoor ik je hierheen heb gehaald.' Hij glimlachte. 'Deze keer komt het allemaal goed. Ik voel het in mijn botten. Onze Bart zal ervoor zorgen dat we trots op hem kunnen zijn.'

Veronica snoof. 'Ik vind nog steeds niet dat hij eruitziet als een krijgsheld.'

'Dat komt nog wel. Wacht maar eens af,' zei Randalf. 'Zodra de dag aanbreekt, vertrekken we naar Dwergenstede.'

Op dat moment sprong de elf uit de klok. 'Zesentwintig uur dertig, en dat is mijn laatste bod!' krijste hij.

'Trringh! Trringh! Trringh! Trringerringerringerringh!' klonk een schrille stem. 'Wakker worden! Tijd om op te staan!' *Boing!*

Bart sperde met een ruk zijn ogen open, net op tijd om de elf weer achter de houten deurtjes van de klok te zien verdwijnen.

Kreunend keek hij om zich heen. Alles was nog precies zoals het was geweest toen hij de vorige avond in de hangmat was gekropen. De klok, de kamer vol rommel, het zwevende meer... en bovendien was het nog steeds donker.

'Hoe laat zou je dit willen noemen?' Randalf verscheen met een strenge uitdrukking op zijn gezicht aan het eind van de kamer.

De deur van de klok vloog open. 'Heel vroeg in de ochtend!' snauwde de elf. 'Of zoiets.' De deurtjes klapten weer dicht.

'Wat is er aan de hand?' kwetterde Veronica. 'Ik heb net mijn snavel onder mijn vleugel gestopt.'

Norbert kwam aansjokken vanuit de schaduwen en rekte zich geeuwend uit. 'Is het al ochtend?' vroeg hij.

Randalf keek uit het raam. Aan de horizon was een vage

34

glinstering van licht te bespeuren. Hoog aan de hemel scheerden luidruchtige vleermussen terug naar de wouden, om de dag ondersteboven hangend door te brengen aan de hoogste takken van de tjuptjupbomen. 'Bijna,' zei hij.

'Stompzinnige klok,' mompelde Veronica.

'Ik heb je wel gehoord!' klonk een verontwaardigde stem uit de klok.

'Het doet er niet toe,' zei Randalf. 'We zijn nu toch wakker, dus dan kunnen we net zo goed vroeg op pad gaan. Kom op, Bart. In de benen. Vandaag is je grote dag.' Hij keerde zich naar de reus met de drie ogen. 'Norbert! Zorg voor het ontbijt.'

'Kan ik je echt niet verleiden tot een tweede portie?' vroeg Randalf tien minuten later.

'Nee, bedankt,' zei Bart.

'Je moet wel zorgen dat je op krachten blijft,' hield Randalf vol.

'Ja, want je kan niks missen!' voegde Veronica er onaardig aan toe.

Bart keek naar de lepel slappe kost die Randalf boven zijn kom hield. 'Ik zit echt vol,' jokte hij.

Hij twijfelde er niet aan of het ontbijt dat Norbert had gemaakt, was het vreemdste dat hij ooit had gegeten — klonterige, groene pap die naar kruisbessen smaakte, een kleine taart versierd met gesuikerde liefdeshartjes en een mok schuimende steltmuismelk.

'Maar je hebt geen hap genomen van je knuffelsoes!' zei Norbert met een gekwetste blik in zijn ogen.

'Ik bewaar hem voor later,' zei Bart. 'Maar hij ziet er echt heerlijk uit.'

De reus slaakte een diepe zucht. 'Die goeie Theodorus heeft me leren koken en bakken. Hij was echt een artiest, een kunstenaar met poedersuiker!'

'Ziezo!' Randalf klapte in zijn handen, kwam overeind en pakte zijn staf. 'Tijd om op weg te gaan.'

Opgelucht sprong Bart op van tafel, hij pakte Hendrik bij zijn riem en volgde Randalf naar beneden. Norbert kwam dreunend achter hen aan.

'Je kunt niet wachten om te beginnen, hè Bart?' zei Randalf hartelijk. 'Dat is een uitstekend teken voor een krijgsheld. Deze keer hebben we een goeie te pakken, Veronica.'

'Dat zei je ook over Theodorus,' hielp de parkiet hem prompt herinneren. 'En we weten allemaal hoe dát is afgelopen.'

'We moeten niet naar het verleden kijken,' zei Randalf terwijl hij de deur opendeed, 'maar naar de toekomst.'

Hij stapte naar buiten. Bart volgde zijn voorbeeld, zich nog altijd afvragend waar hij terechtgekomen was. Het léék of hij zich op het benedendek van een woonboot bevond, maar het viel niet mee om daar duidelijkheid over te krijgen.

Onder de boot zwommen weldoorvoede vissen hun rondjes in het kristalheldere water. Ze deden Bart denken aan de goudvissen thuis, en even dacht hij dat het hier misschien toch allemaal niet zó raar was. Maar dat duurde echt maar héél even.

Hoog boven hem schoten pluizige, paarse wolkjes langs de hemel. Beneden hem lag een klein bootje, met een touw vastgebonden aan de zijkant van de woonboot. Tenminste, Bart dácht dat het een bootje was. Pas toen hij van de touwladder aan boord van het deinende schuitje stapte, besefte hij dat het helemaal geen bootje was, maar een badkuip! Hij sloeg met zijn vlakke hand tegen zijn voorhoofd. 'Hoe kon ik ook denken dat het een boot was? We zijn hier tenslotte in Modderland!'

De badkuip schommelde vervaarlijk toen Bart aan boord stapte, meteen gevolgd door Hendrik, die achter hem aan sprong.

'Niet daar,' zei Veronica. 'Jij zit aan de andere kant, bij de kranen.'

'Tenminste, als je het niet erg vindt.' Randalf klom ook aan boord. 'Pas op dat je je hoofd niet stoot tegen de douche, als het water een beetje... eh... ruw wordt.'

'Met Norbert aan het stuur wordt het altíjd ruw,' zei Veronica. 'Je hebt al twee boten, een kast en een luchtbed verspeeld. Dit is onze laatste badkuip. Dus hierna wordt het de gootsteen!'

'Veronica, hou je snavel!' zei Randalf. 'Kom op, Norbert. We zitten allemaal op je te wachten.'

Toen de reus aan boord klom, schommelde de badkuip angstaanjagend heen en weer. De reus liet zich op zijn knieën zakken en pakte twee voorwerpen van de bodem van de kuip: een oud tennisracket en een koekenpan. Toen boog hij zich voorover, en hij begon uit alle macht te peddelen.

De badkuip kwam met veel gespetter in beweging, steigerde en spoot over het oppervlak van het meer. Norberts armen gingen als zuigers op en neer, op en neer, op en neer, op en neer... De rand van het meer kwam heel snel dichterbij. Bart hield geschokt zijn adem in. 'We vallen eraf!' schreeuwde hij.

'Maak je geen zorgen. Heus, ik kan het weten. Ik ben tovenaar,' zei Randalf. 'Iets meer naar links, Norbert,' zei hij tegen de reus. 'Zo gaat-ie goed.'

Bart keek op en zag dat ze recht op een waterval af voeren.

'Hou je goed vast en kijk uit voor die douche,' zei de reus glimlachend, terwijl hij sneller peddelde dan ooit.

Steeds dichterbij kwam de waterval, steeds luider werd het geraas van de wilde stroom die zich over de rand stortte.

'Dit is gekkenwerk!' riep Bart.

'Dat is waar,' zei Randalf. 'Maar het is de enige manier om beneden te komen. Heus. Ik kan het weten, ik ben...'

'Ja, dat weet ik nou wel,' mompelde Bart geërgerd, terwijl hij de zijkanten van de badkuip zo krampachtig vastgreep dat zijn knokkels wit werden. 'Je bent tovenaar.'

'Nog één haal met de peddels! Dan zijn we er!' riep Randalf.

Norbert deed wat hem werd opgedragen. Even schommelde de badkuip op het uiterste randje van het meer. Bart hield van schrik zijn adem in toen Modderland plotseling in al zijn uitgestrektheid voor hem lag en hij helemaal tot aan de verste horizon kon kijken.

'Zet je schrap!' klonk de stem van Randalf boven het geweld van de waterval uit, en op hetzelfde moment tuimelde de badkuip over de rand. 'Daar gaan we... o-o-o-o-o!'

Veronica krijste. Hendrik jankte. Bart kneep zijn ogen stijf dicht. Alleen Norbert leek te genieten.

'Jippiiieeee!' schreeuwde hij toen de kleine badkuip met zijn vijf inzittenden zich in het bulde-rende, schuimende water stortte.

De wind joeg in zo'n razende vaart langs hem heen dat Bart amper adem kon halen. Waterdruppels sloegen pijnlijk in zijn ge-zicht. Zijn hoofd

bonsde, zijn hart klopte in zijn keel, en hij begon zijn houvast te verliezen...

Plons!

Met een enorme kracht landde de badkuip in de poel aan de voet van de waterval.

En verdween onder water.

En kwam weer boven.

En deinde als een bal op het water rond, tot de stroming hem meevoerde naar het betrekkelijk kalme water van de rivier die zich vanaf de waterval het land in slingerde.

Bart deed zijn ogen open. 'Dat was... dóódeng!' bracht hij hijgend uit.

Veronica snoof. 'Dit is nog niets! De terugreis is veel erger!'

'We hebben water gemaakt!' kondigde Randalf aan. 'Vlug, Norbert! Hozen!'

Norbert keek naar het water dat op de bodem van de badkuip klotste. Hij pakte de koekenpan, maar bedacht zich toen. 'Maakt u zich geen zorgen, heer!' zei hij, in het water reikend. 'Ik zal ons redden!'

'Nee, Norbert!' schreeuwde Randalf. 'Denk aan wat er de vorige keer is gebeurd!'

Te laat. De reus had de stop al uit het bad getrokken en hield hem triomfantelijk omhoog.

'Kijk eens! Zo kan het water weglopen!' Hij zweeg even en staarde ongelovig naar de fontein die uit het gat omhoog spoot. 'Oeps!' Hij keek op naar Randalf. 'Ik ben weer dom geweest, hè?'

'Ik ben bang van wel,' zei Randalf.

'Iedereen van boord!' schreeuwde Norbert.

Gorgelend en reutelend zakte de badkuip abrupt onder

hen vandaan. Bart sloeg zijn benen uit en zwom naar de dichtstbijzijnde oever, Hendrik peddelde – op zijn hondjes – naast hem. Veronica, die had besloten te vliegen in plaats van te zwemmen, streek naast hen op de oever neer, waar ze alsnog doorweekt raakte toen Hendrik zich uitschudde.

'Nou, dat was de laatste van de badkuipen die we hadden,' zei ze. 'Je zou denken dat hij onderhand heeft geleerd dat hij de stop er niet uit moet trekken.'

Bart zei niets. Verbijsterd als hij was door de aanblik van het Betoverde Meer, zwevend in de lucht, heel hoog boven zijn hoofd, kon hij geen woord uitbrengen. Voor zijn verbaasde ogen viel er een dikke, zilverkleurige vis uit de bodem van het meer. De vis suisde door de lucht, recht in de wijd opengesperde bek van een van de luilijsters die onder het meer zaten te wachten.

Ook Randalf en Norbert klommen uit de rivier de kant op, druipend van het water. Norbert schudde zich uit, zodat Veronica voor de tweede keer drijfnat werd.

'En bedankt!' riep ze verontwaardigd. 'Probeer je me soms op het droge alsnog te verdrinken?'

'Het spijt me,' zei Norbert deemoedig.

Randalf keek op naar de zon, die inmiddels over de toppen van de bergen in de verte gluurde. 'Niks aan de hand. Sterker nog, het is buitengewoon verfrissend,'

zei hij. 'Laten we op weg gaan. Als we een beetje doorlopen, moeten we tegen de middag in Dwergenstede kunnen zijn.' Hij keerde zich naar de reus. 'Als je zo goed zou willen zijn, Norbert, beste kerel.'

'Natuurlijk, heer.' Norbert hurkte op handen en knieën.

Met de parkiet op zijn hoed klom Randalf op een van de enorme, brede schouders van de reus. Hij keek naar Bart. 'Nou, waar wacht je nog op? We hebben niet de hele dag de tijd!'

Bart klom voorzichtig op de andere schouder. 'Zijn we niet te zwaar?' vroeg hij.

'Natuurlijk niet,' zei Norbert. 'Ik ben een tweezitter. Mijn nicht, Egberta, is een vierzitter met een extra logeplaats aan de voor- en de achterkant...'

'Ja, ja,' zei Randalf ongeduldig. 'Dat weten we nou wel. Ben je klaar, Norbert?'

De reus kwam overeind en richtte zich in zijn volle lengte op.

'Voorwaarts!' commandeerde Randalf, en hij tikte Norbert met zijn staf op het hoofd. Norbert kwam met een ruk in beweging en beende met grote stappen weg. Naast hem draafde Hendrik.

Op haar hoge zitplaats stak Veronica haar kop onder haar vleugel. 'Ik word altijd reusziek op lange tochten,' zei ze zwakjes.

Ze volgden een pad dat

evenwijdig liep aan de Betoverde Rivier. Blijkbaar werd het maar zelden gebruikt, want het was helemaal overwoekerd. Aan weerskanten van het pad stonden hoge tjuptjupbomen; hun buigzame takken bogen ver door onder het gewicht van slapende vleermussen.

'Au! Au! Au!' riepen ze toen Norbert langs hen streek.

Bart wist niet wat hem overkwam! Hij reed op de schouders van een reus naar Dwergenstede! Terwijl hij ongeveer op ditzelfde moment zijn opstel had moeten inleveren. Hij bukte zich om een tjuptjuptak te ontwijken, en met een plof landde er een vleermus in zijn schoot. Van alle excuses voor te laat ingeleverd huiswerk moest 'Sorry, juf, ik heb rondgereisd op de schouder van een reus en ik had het te druk met het opvangen van vleermussen' wel het allervreemdste zijn. Trouwens, hoe zou hij dit óóit aan zijn juf kunnen uitleggen?

'Wanneer we eenmaal bij de weg zijn, gaat het een stuk gemakkelijker,' zei Randalf. 'En dat is nu niet ver meer.'

'Leugenaar,' mompelde Veronica, en haar stem verried hoe misselijk ze zich voelde.

Tegen de tijd dat ze eindelijk bij de weg kwamen – of liever gezegd, bij de wegen, want ze stonden op een kruispunt waar je drie kanten uit kon – voelde ook Bart zich een beetje reusziek. Norbert was blijven staan bij een wegwijzer, langs de kant van de weg.

Rechtsaf kwam je – volgens de afbladderende gouden belettering – bij Trollenbrug (NIET ERG VER). Links lagen de Muffe Bulten (EEN HEEL EIND WEG). Bart maakte zich zo lang mogelijk, om te kijken of Dwergenstede er ook op stond. En inderdaad.

'Fraai is dat!' zei hij.

'Kom op!' Randalf tikte Norbert op zijn hoofd. 'We moeten verder.'

Norbert schuifelde wat ongemakkelijk in het rond. 'Welke kant moeten we precies uit, heer?'

'Naar Dwergenstede, natuurlijk,' zei Randalf ongeduldig.

'Dát weet ik, heer.' Norbert staarde met een niet-begrijpende frons naar de wegwijzer. 'Maar...'

'Norbert,' zei Randalf. 'Toen ik je als officiële Tovenaarsdrager in dienst nam, heb je me verzekerd dat je kon lezen.'

'Als je dat gelooft, weet ik er nog wel een paar,' zei Veronica hatelijk.

'Ik kán ook lezen!' zei Norbert. 'Tenminste, kleine woordjes.' Hij gebaarde met zijn hoofd naar de wegwijzer. 'Deze zijn allemaal zo lang.'

Randalf slaakte een zucht van ongeduld. 'DÉZE KANT UIT, Norbert,' zei hij. 'EEN HEEL EIND, DUS OPHOUDEN MET NAAR DIT BORD TE STAREN EN LÓPEN, SUFFERD!' las hij.

'Waarom maakt u me uit voor sufferd?' mompelde Norbert gekwetst, terwijl hij weer in beweging kwam. 'Mijn neef, Reuzerd de Kwijler, dát was een sufferd!' Hij verhoogde zijn tempo. 'Heb ik u ooit verteld over die keer dat hij met zijn hoofd bleef vastzitten in een...'

'Knuffelsoes,' mompelde Randalf slaperig. Zijn hoofd wiebelde plotseling van de ene naar de andere kant.

'Als ik het niet dacht!' kwetterde Veronica. 'Hij slaapt weer als een baby!'

'Mijn heer valt altijd in slaap op zijn reizen,' zei Norbert. 'En meestal midden in een van mijn beste verhalen.'

'Tja, hoe zou dát nou toch komen?' vroeg Veronica spottend.

'Ach, het is vast en zeker heel vermoeiend om tovenaar te zijn,' zei Norbert. 'Met alles wat hij moet lezen, en dan die toverspreuken en dat soort dingen.'

'Ja, het zal wel,' zei Bart schouderophalend.

'O, maar Randalf is geen échte tovenaar,' fluisterde Veronica Bart in zijn oor.

Van Norberts schouders klonk het geluid van een zacht gesnurk.

'O nee?' vroeg Bart. 'Maar ik dacht...'

'Voordat de tovenaars – de echte, de Gróte Tovenaars – allemaal verdwenen, was Randalf maar een eenvoudige leerling, van Tovenaar Gozewijn de Gerimpelde,' legde Veronica op gedempte toon uit. 'Pas toen ze allemaal spoorloos verdwenen waren, begon Randalf zich voor te doen als een Grote Tovenaar. Blijkbaar is hij erin geslaagd de Gehoornde Baron voor de gek te houden, maar verder is er niemand in getrapt. Daarom zit hij ook zo slecht bij kas. Want wie wil er betalen voor de diensten van zo'n nutteloze tovenaar?'

'Nutteloos?' zei Bart.

'Volstrekt nutteloos!' zei Veronica. 'Ik zou je verhálen kunnen vertellen... Over de onzichtbare inkt, die telkens weer zichtbaar werd. Of over de vliegende fiets die midden in de lucht in stukken uit elkaar viel. En al die arme dwergen die zo kaal werden als een ei, nadat ze zijn magische geheugenzalf hadden geprobeerd. Om nog maar te zwijgen over Meester Troetel.'

'Meester Troetel?' zei Bart. 'Wie is dat?'

'Dat is de slechtste, de gemeenste, de grootste booswicht die ooit heeft geleefd!' vertelde Veronica. 'Hij zal niet rusten tot hij heerser is over heel Modderland, zodat hij iedereen onder de duim kan houden. Randalf zit in grote problemen, echt waar. Hij heeft dringend hulp nodig.'

'En hij verwacht dat ik dat allemaal voor hem oplos, als krijgsheld?'

'Hemeltje, nee!' antwoordde Veronica. 'Jij bent hier alleen om wat geld voor Randalf te verdienen. Maar als ik jou was...'

Op dat moment werd Veronica onderbroken door een luid geklapper en gebonk dat door de lucht weergalmde. Toen Bart opkeek, zag hij een zwerm kasten langs de hemel trekken; hun deuren klapperden als vleugels. 'Wat zijn dát?' bracht hij ademloos uit.

'Zo te zien zijn het kasten,' zei Norbert.

'Is het normáál in Modderland dat er kasten komen overvliegen?' vroeg Bart verbijsterd.

Norbert bleef staan, schermde zijn ogen af tegen de verblindende zon en tuurde in de verte. 'Ze vliegen in formatie, en zo te zien komen ze uit dat bos.'

'Het Elfenwoud.' Veronica knikte. 'Dat verbaast me niets. Daar gebeuren de laatste tijd vreemde dingen,' voegde ze er somber aan toe. 'Als je het mij vraagt, heeft het allemaal te maken met Meest...'

'Aaargh!' schreeuwde Norbert. Doordat hij nog steeds

naar de lucht keek, had hij niet gezien dat er een groot gat in de weg gaapte. Hij struikelde, verloor zijn evenwicht en sloeg tegen de grond. Veronica fladderde kwetterend op. Bart belandde weinig zachtzinnig naast Hendrik.

Randalf rolde door het stof. 'Ach, mijn verrukkelijke knuffelsoes,' mompelde hij. 'Ik...' Toen deed hij met een ruk zijn ogen open en hij besefte dat hij languit op de grond lag. 'Wat is er gebéúrd!'

'Neemt u me alstublieft niet kwalijk, heer,' zei Norbert verontschuldigend terwijl hij overeind krabbelde. 'Ik ben gestruikeld toen ik in dat gat stapte.'

Hij wees op een rond gat in de weg, gevuld met stinkende pap uit een omgevallen ketel.

'Alles bedorven!' jammerde een kleine elf langs de kant van de weg. 'Waarom kijk je niet uit waar je loopt, grote stomkop die je bent!'

'En waarom kijk jij niet uit waar je kookt!' kwetterde Veronica.

'Dat gat was gemáákt voor mijn ketel! Hij paste er precies in,' antwoordde de elf verontwaardigd.

'Rustig allemaal.' Randalf klemde zijn staf weer onder zijn arm. 'Er is niks ergs gebeurd.'

De elf haalde zijn schouders op, pakte de ketel en liep de weg af. 'Tovenaars!' mopperde hij, minachtend snuivend.

De reus bukte zich, hielp Randalf overeind en begon hem krachtig af te kloppen.

'Rustig aan, Norbert,' zei Randalf. 'Ik moet je zeggen... Eerst raak ik doorweekt, dan beland ik onzacht op de grond, en nu sta je me hardhandig af te kloppen. Ik had me een reis eersteklas iets anders voorgesteld.'

'Het spijt me, heer,' zei Norbert.

Randalf keek in de verte. Toen riep hij Bart bij zich en hij hief wijzend zijn arm. 'Kijk, daar!' zei hij. 'Net voorbij die heuvel, daar kun je de torens van Dwergenstede al zien. We zijn er bijna. Nog even, en je draagt de prachtigste krijgsheldenuitmonstering die er voor geld te koop is.'

'Die er voor jóúw geld te koop is, bedoel je,' mompelde Veronica op gedempte toon.

48

Toen de hoge muur rond Dwergenstede in zicht kwam, zette Norbert Randalf en Bart voorzichtig op de grond. Met elke stap die ze dichterbij kwamen werd het lawaai achter de muur duidelijker hoorbaar. Er klonk geschreeuw, gehamer, gejammer, gehinnik, gezaag, gezang, gerinkel, gebulder, gezoem... en dat alles vermengde zich tot een wanordelijk kabaal. En dan de luchtjes. Gebrande teer, zure melk, natte bontvachten, rottend vlees – ze deden stuk voor stuk hun uiterste best om te worden opgemerkt boven de geur van ongewasen dwergen uit, die maakte dat je als vanzelf je neus optrok. Bart probeerde aan prettige geuren te denken – chocolade, koekjes, aardbeienijs...

'En ik dacht nog wel dat jouw sokken erg waren,' merkte Veronica op.

'Veronica, hou je snavel!' zei Randalf. 'Denk erom dat we hun gevoelens niet kwetsen. Dwergen hebben soms erg lange tenen.'

'Hmph!' zei Veronica. 'Wie zo verschrikkelijk stinkt, heeft geen recht op lange tenen!'

'Dat kan best zijn, maar toch wil ik dat je je gedraagt,' zei

Randalf. 'We zijn hier voor belangrijke zaken. Dus je legt maar een knoop in je snavel!'

'Mag ik misschien nog wel ademhalen?' vroeg Veronica humeurig.

'Trouwens, mijn beste jonge vriend,' zei Randalf tegen Bart. 'Volgens mij vindt onze Hendrik al die sterke geurtjes een beetje al te opwindend. Dus misschien kun je je trouwe krijgshond beter aan de riem doen.'

Hendrik kwispelde inderdaad uitgelaten en stak gretig zijn neus in de lucht om alle luchtjes op te snuiven. Haastig deed Bart hem aan de riem.

Inmiddels stonden ze boven aan een lange trap voor twee reusachtige houten deuren. Randalf pakte de enorme klopper en liet deze ferm op het hout neerdalen.

Ding-dong!

Randalf keerde zich weer naar Bart. 'Dwergen houden van een grapje.'

'Reken maar!' kwetterde Veronica. 'Het zou me ook helemaal niet verbazen als ze ons niet binnenlieten.'

'Je moet een beetje geduld hebben, Veronica!' zei Randalf streng. Hij keek vol verwachting naar de deur, maar er gebeurde niets. Randalf schuifelde wat met zijn voeten, hij krabde op zijn hoofd, streek over zijn baard en wreef in zijn ogen. 'Het beroemde dwergenwelkom,' zei hij ten slotte. 'Vermaard in heel Modderland.'

Hij klopte opnieuw, deze keer iets luider. *Ding-dong! Ding-dong! Ding-dong!*

Een van de deuren vloog open.

'Ik had je wel gehoord!' schreeuwde een klein, smoezelig, scheel ventje met uiteenstaande tanden en puntige oren. 'Je denkt toch niet dat ik doof ben!'

'Duizend, nee, een miljoen excuses, mijn dwergen-vriend.' Randalf maakte een diepe buiging. 'Het is verre van mij om te twijfelen aan de kwaliteit van je gehoor. Ik probeerde alleen maar...'

'Wat wil je?' vroeg de dwerg met dreigend gefronste wenkbrauwen.

Randalf dwong zichzelf te glimlachen. 'We wensen ons te vervoegen bij uw fraaiste kledingmagazijn,' zei hij. 'Met de bedoeling over te gaan tot de aankoop van uw kwalitatief hoogwaardigste...'

'Je wilt wát?' vroeg de dwerg.

'We moeten een uitmonstering hebben voor onze krijgs-held,' zei Veronica. 'Voor die jongen.' Ze flapperde met haar vleugel in Barts richting.

'Laat mij alsjeblieft, V...' begon Randalf, maar de dwerg viel hem in de rede.

'Waarom zeg je dat dan niet meteen?' snauwde hij, ter-wijl hij de deur wijd openzwaaide om hen binnen te laten.

'Doe die deur dicht!' klonk een stem. 'Het tocht hier ver-schrikkelijk!'

'Diep ademhalen allemaal,' fluisterde Randalf over zijn schouder.

'Kom binnen, kom binnen,' zei de dwerg ongeduldig. 'Welkom in Dwergenstede,' vervolgde hij op verveelde toon toen hij de deur achter zich had dichtgesmeten. 'De stad die nooit slaapt.'

'En zich nooit wast,' mompelde Veronica.

'Geniet van al wat er te zien en te horen valt...'

'En te ruiken,' zei Veronica.

'Een stad zoals je er geen tweede vindt.'

'Gelukkig niet!'

'Veronica, ik heb je gewaarschuwd!' beet Randalf haar toe. 'Wil je je snável houden?'

'Dus ik wens jullie nog een prettige dag,' besloot de dwerg geeuwend.

Bart trok zijn neus op. 'Veronica heeft wel gelijk,' fluisterde hij. 'Het stinkt hier verschrikkelijk!'

'Daar wen je gauw genoeg aan,' stelde Randalf hem gerust. Hij keerde zich naar de dwerg. 'Hartelijk dank, mijn goede vriend. Mag ik nog opmerken welk een eer, om niet te zeggen wat een genoegen het is om...'

'Het zal wel,' zei de dwerg, en hij liep weg.

Bart keek om zich heen. Niet alleen de geur maakte Dwergenstede tot een verbazingwekkende stad. Overal om zich heen zag hij gebouwen die boven op elkaar waren gezet, de ene verdieping op de andere, steeds hoger en hoger. Tussen de torenhoge huizen, waarin het wemelde van de bedrijvigheid, lag een doolhof van smalle steegjes. Bart keek nerveus omhoog toen hij merkte dat de bouwsels hoog boven zijn hoofd vervaarlijk heen en weer zwaaiden. Het leek of ze elk moment konden omvallen. Bovendien drong er nauwelijks zonlicht tot de smalle steegjes door, doordat de bouwsels tot hoog in de lucht reikten en al het daglicht tegenhielden.

Niet dat het volledig donker was in de steegjes. Aan alle gebouwen hingen olielampen, die een vette rook verspreidden en de drukke straatjes in een ziekelijk geel licht dompelden. De lucht van het smerige, brandende vet voegde zich bij de andere weerzinwekkende geuren van Dwergenstede: de stank van gebakken snotbrood, de verschaalde lucht van ongewassen lichamen en de penetrante geur die opsteeg uit de riolen en afvoerbuizen.

'Kom mee!' Randalf trok een flodderig, geel kledingstuk uit de plooien van zijn gewaad, bond het aan het eind van zijn staf en hield deze boven zijn hoofd.

'Is dat wat ik denk dat het is?' vroeg Veronica.

'Je weet nooit wanneer een reuzenonderbroek van pas kan komen,' zei Randalf, terwijl hij met grote stappen weg-beende. 'Let nou maar op die broek, dan hoeven jullie niet bang te zijn dat je verdwaalt.'

'Ik vroeg me al af waar hij was gebleven,' zei Norbert met een zucht.

'Kijk goed om je heen, Bart,' zei Randalf. 'Dwergenstede is een stad die je gezien moet hebben. Aan onze rechter-hand...' verkondigde hij met luide stem. '... zien we een ty-pisch dwergenhuis, aan onze linkerhand het Museum van Doorsnee Daden, en dat daar...' Hij wees voor zich uit, naar een gebouw dat een wel erg verwaarloosde indruk maakte. 'Dat is de Tempel van de Grote Verruca.'

'De Tempel van de Grote Verrúca?' herhaalde Bart ongelo-vig, want hij wist dat verruca een duur woord was voor wrat.

Randalf knikte. 'Hij staat op de plek waar Wilfred de Wa-terrat, een ontdekkingsreiziger van het dwergenvolk uit een ver verleden, ooit de eerste steen heeft gelegd voor wat uiteindelijk Dwergenstede zou worden. Volgens de legende was hij zeven lange jaren op zoek naar een geschikte plek om zo'n stad te bouwen, toen de pijn van een enorme wrat hem dwong zijn zoektocht te staken. Wilfred besloot dat als een teken te beschouwen. En de rest is bekend, zoals de uit-drukking luidt.'

'Bespaar ons de rondleiding-met-gids!' krijste Veronica, die boven hun hoofd fladderde.

Ze verkenden een groot deel van de stad. Randalf liep

voorop, met de gele onderbroek hoog in de lucht, gevolgd door Norbert en Hendrik – die op elke straathoek bleef staan om te snuffelen en aan zijn riem te trekken – en ten slotte Bart. Dwergen verdrongen zich dringend en duwend, ruziënd en schreeuwend in de straten, maar aan de vreemdelingen besteedde niemand ook maar enige aandacht.

'Daarom noemen we Dwergenstede ook wel de Vriendelijke Stad,' merkte Randalf op, terwijl hij even bleef staan om de anderen de kans te geven hem in te halen. 'Oeps!'

Een dwerg botste tegen Randalf op. Een andere griste de onderbroek van de punt van de staf en verdween ermee in de drukte.

'Mijn hemel!' riep Randalf.

'Mijn broek!' riep Norbert.

'Maak je niet druk,' zei Veronica. 'We zijn er.'

Ze draaiden zich als één man om. Achter de ramen van een uitzonderlijk hoog en krakkemikkig bouwsel stond een verzameling etalagepoppen, stuk voor stuk gekleed in krijgshaftige kostuums met alles erop en eraan.

Norbert staarde naar de gouden letters op het uithangbord dat boven de deur heen en weer zwaaide. 'Kos... kos... kos...' begon hij.

'KOSTUMERIE VOOR DE KIESKEURIGE KLANT,' las Randalf hem voor. 'Goed gevonden, Veronica. Kom mee, Bart. We zullen eens zien dat we een uniform voor je vinden.'

Tot Barts verrassing bleven ze niet lang in de Kostumerie voor de Kieskeurige Klant. Zonder acht te slaan op het gezucht en de afkeurende geluidjes van de fraai geklede winkelbedienden, liep Randalf voor hen uit door het middenpad van de schitterende zaak richting de brede, gedraaide trap, helemaal achterin.

Anders dan Bart had verwacht, kwamen ze niet terecht op de tweede verdieping van de winkel, maar in een heel andere zaak. ALLEGAAR, WARENHUIS VOOR DE BESCHEIDEN BEURS, las hij op een fleurig geschilderd bord aan de muur. De winkelbedienden, eenvoudiger gekleed dan een verdieping lager, namen hen wantrouwend op.

'Ik ben op zoek naar...' begon Randalf.

'Zegt u het eens?' vroeg een van de winkelbedienden, met zijn linkerwenkbrauw hoog opgetrokken.

'Ik vroeg me af hoe ik boven moet komen,' zei Randalf.

De bediende gebaarde met zijn hoofd naar een raam in de achterwand. Bart fronste verward zijn wenkbrauwen. Wat moesten ze bij dat raam?

Randalf toonde zich echter niet in het minst uit het veld geslagen. 'Ach, natuurlijk,' zei hij, en hij beende naar het bewuste raam, gevolgd door de anderen.

Via het raam kwamen ze op een

roestige wenteltrap die zich om de buitenkant van het torenachtige bouwwerk slingerde.

Op de bovenste trede werden ze begroet door een derde bord: DUFMANS DERDERANGS DEPOT.

'Nog even volhouden, we zijn er bijna,' zei Randalf bazig. Hij begon een oude, houten ladder op te klimmen die tegen de muur stond. 'En pas op bij de achtste sport,' riep hij naar beneden. 'Die zit een be...'

'Aaargh!' riep Norbert toen de sport onder zijn voeten versplinterde. De reus klampte zich wanhopig aan de trap vast en durfde niet meer voor- of achteruit.

'Bij nader inzien is het misschien beter als je teruggaat en beneden op ons wacht,' zei Randalf. 'Dan kun je meteen op Barts krijgshond letten.'

Bart keek toe hoe de bevende reus zich langzaam terug liet zakken naar de overloop. Een beetje opgelucht, omdat hij Hendrik de gammele trap niet op hoefde te dragen, gaf hij Norbert de riem.

'Denk erom dat je braaf bent,' zei hij tegen de hond. 'Afgesproken?'

'Afgesproken,' beloofde Norbert gehoorzaam.

Bart klauterde de trap op, waarbij hij extra voorzichtig was bij de – inmiddels ontbrekende – achtste tree. Toen hij bijna boven was, keek hij naar beneden – en hij hield zijn adem in. Heel ver in de diepte kon hij stromen dwergen naar alle kanten door de smalle steegjes zien bewegen.

Veronica kwam aanfladderen en bleef hangen ter hoogte van zijn linkerschouder. 'Kom op!' zei ze bemoedigend. 'We mogen onze gids-die-alles-weet niet laten wachten.'

Zijn hart bonsde in zijn keel terwijl Bart de laatste paar treden van de ladder beklom.

Boven stond Randalf al op hem te wachten. 'Goed gedaan, knul,' zei hij. 'En welkom bij het beste kledingmagazijn in heel Modderland.'

'Je kunt beter zeggen, het goedkoopste,' mompelde Veronica.

Boven de deur hing een verbleekte banier: 'SMOEZELS KOOPJESPARADIJS,' las Bart hardop, en hij slaagde er niet in de teleurstelling uit zijn stem te weren.

Op dat moment verscheen achter hen een slungelige dwerg met een grote neus en een smerige schort met ruches. 'Welkom,' begroette hij hen.

'Dank je wel... eh... Stink,' zei Randalf, nadat hij de naam van de dwerg op diens naambordje had gelezen.

'Smink is de naam,' antwoordde deze.

'Maar...'

'Ach, het handschrift van meester Smoezel is bijna net zo vreselijk als zijn smaak op kledinggebied,' zei de winkelbediende vermoeid.

'Waar ís die ouwe Smoezel?' Randalf keek om zich heen.

Smink haalde zijn schouders op. 'Hij zei dat hij een aantal zaken had die *zijn aandacht vereisten.*' Hij kromp ineen alsof hij iets onaangenaams rook.

'Werkelijk?' Randalf keerde zich glimlachend naar de anderen. 'Volgens mij komt alles goed. Zelfs nog beter dan ik had verwacht,' fluisterde hij.

Smink had zich afgewend en opende de deur die van de overloop toegang gaf tot de winkel. Hij bukte zich en verdween naar binnen. Randalf volgde zijn voorbeeld.

'Het is maar goed dat Norbert niet mee is,' mompelde Bart terwijl hij zich zo klein mogelijk maakte. 'Hij zou nooit door de deur hebben gepast.'

Eenmaal binnen richtte hij zich op. Het vertrek waarin hij zich bevond, was zo rommelig, donker en smerig dat daarbij vergeleken de woonboot van de tovenaar een toonkamer was.

Overal stonden uitpuilende kisten en balen tegen de muren opgestapeld, naast kasten gevuld met elk denkbaar model laarzen en schoenen. Reusachtige, ronde rekken – sommige drie lagen hoog – kreunden onder het gewicht van ontelbare kledingstukken, gesorteerd op soort. Vesten van het fijnste vlaslinnen. Capes met capuchon. Broeken met bretels. Hesjes met hoefijzerhalsen. Geitenwollen galgbroeken. Hoog boven zijn hoofd hingen nog meer kledingstukken aan haken aan het plafond – in andere kleuren, maten en stijlen.

'Ach, natuurlijk. Ik zie het probleem, heer.' Smink voelde met duidelijk afkeer aan Randalfs mantel. 'Deze is tot op de draad versleten. Armoedig gemaakt, volledig uit de mode, en de kleur is afschuwelijk. Ik hoop dat u het niet erg vindt dat ik dat zeg.' Hij keek op. 'De tovenaarsmantels hangen hier. Deze kant uit.' Hij haastte zich de winkel door, met kleine stapjes, als een duif op hoge hakken.

'Zelfs al kreeg ik er geld voor, dan nog zou ik niet zo kunnen lopen,' merkte Veronica op.

Smink draaide zich om. 'Neemt u me niet kwalijk, zei u iets?'

'Eerlijk gezegd, zijn we hier vandaag voor de knaap,' zei Randalf. 'Hij heeft een uitmonstering nodig als krijgsheld. Met alles erop en eraan.'

'Aha.' Smink nam Bart van top tot teen op en snoof. 'Veldtenue dus. Dat is dan die kant uit, heer.'

Terwijl ze achter elkaar aan naar het andere eind van de

ruimte liepen, zich een weg banend tussen de rekken met kleren, voelde Bart dat het hele bouwwerk licht heen en weer zwaaide. Een paar metalen handschoenen viel met een onheilspellend gekletter op de grond.

'Mooi, daar beginnen we mee,' zei Randalf. 'En dan nu een mantel.'

'Alles erop en eraan, heer?' zei Smink. 'Dan zou ik u graag de Mantel-van-Ondoordringbaarheid willen aanbevelen. Dankzij de toverkracht die erin is geweven, zal zelfs het machtigste zwaard erop afschampen.'

'Uitstekend,' zei Randalf. 'Probeer hem maar eens aan, Bart.'

Deze deed wat hem werd opgedragen en bekeek zichzelf in een lange spiegel aan het eind van de winkel.

Ondertussen keerde Randalf zich naar Smink. 'En iets voor op zijn hoofd?'

'We hebben alles,' zei Smink met een weids armgebaar. 'Helmen – gehoornd, gevleugeld, met een piek of een pluim. Of kappen, zowel voor veldslagen als voor het steekspel en... O, natuurlijk! Wat vindt u van deze? Een schreeuwende-schedelkap met bijpassende oorbeschermers. Iets bijzonders, heer.'

'Ik dacht meer aan een standaardtype helm,' zei Randalf.

'Natuurlijk, natuurlijk.' Smink wreef in zijn handen. 'Dom van me. Wat dacht u van de Helm-der-Helden? Erg populair, moet ik zeggen. En buitengewoon duurzame veren.'

Hij nam een zware, bronzen helm met vijf paarse veren van een plank en zette die op Barts hoofd. Het ding zat hem als gegoten.

'Mag ik u wijzen op de kleine luidsprekers, verborgen in de oorbeschermers? Ze spelen inspirerende marsmuziek terwijl de krijgsheld dapper de strijd tegemoet gaat.'

'Precies wat we zoeken,' zei Randalf gretig.

'En dan natuurlijk nog de accessoires,' zei Smink. 'Het Schild-der-Ridderlijkheid, de Borstplaat-van... van-Moed-en-Volharding, de Slobkousen-der-Dapperheid – ze passen allemaal volmaakt bij de handschoenen die u al zo wijs hebt gekozen. En ten slotte, maar zeker niet het minst belangrijk, het Zwaard-der-Overmacht,' verkondigde Smink terwijl hij dat laatste aan Bart overhandigde.

'Het Zwaard-der-Overmacht,' zei Randalf, diep onder de indruk. 'Akkoord. Ik neem de hele uitrusting.'

'Een uitstekende keuze, als u mij toestaat,' zei Smink.

Bart bekeek zichzelf in de hoge spiegel en hief het zwaard. Het zag er erg overtuigend uit, vond hij, en hij grijnsde. Niet verkeerd, dacht hij. Helemaal niet verkeerd.

'De jongeheer ziet er schitterend uit, als ik zo vrij mag zijn,' zei Smink. 'En dat is nog niet alles. Voor de hele uitrusting geldt de Smoezel Garantie op het Welslagen van de Queeste – of uw geld terug.' Hij keerde zich weer naar Randalf en glimlachte allerbeminnelijkst. 'En dat brengt ons op het tere punt van de betaling.'

'Natuurlijk,' zei Randalf. 'De betaling.' Hij schonk de winkelbediende een zelfverzekerde glimlach. 'Die ouwe

Smoezel weet wat ik waard ben,' zei hij. 'Dus hij heeft me op het hart gedrukt alles op de lat te laten zetten.'

'Wis en waarachtig niet!' klonk een barse stem achter hem. 'Vraag nooit om krediet, want een weigering kan kwetsend zijn,' vervolgde de stem, waarbij deze met elk woord luider werd. 'Welke brutale vlerk beweert dat ik zoiets zou hebben gezegd?'

Een gedrongen gedaante met o-benen, harige oren en één dikke, donkere wenkbrauw kwam te voorschijn uit een rek met onderrokken en kniebroeken. 'O, ben jij het!' Hij keek Randalf doordringend aan. 'Ik had het kunnen weten!'

'Smoezel!' Randalf stak zijn hand uit.

'Mééster Smoezel voor jou, Dalfie.' Hij liep met grote stappen langs de uitgestoken hand van de tovenaar en tikte Bart op zijn schouder. 'Om te beginnen zou ik die spullen maar uittrekken.'

Bart deed met tegenzin wat hem werd gezegd. Ondertussen keerde Smoezel zich naar Randalf. 'Laat eens kijken. Je staat nog bij me in het krijt van de vorige. Theodorus de Gouden Ridder, was het niet? Een jas met glimmers, een paar lakleren laarsjes en een gouden zwanenhelm met een voering van roze bont. Van nu af aan wil ik dat je contant betaalt! Laat maar zien wat je hebt.'

Randalf deed zijn best zijn ergernis te verbergen, terwijl hij in de zak van zijn cape tastte en een kleine leren buidel te voorschijn haalde. Hij maakte hem open en schudde een verzameling munten in zijn hand. 'Acht slijkers, vijf grutten en een zilveren kneus,' zei hij.

Smoezel griste de kleine zilveren munt uit zijn hand en beet erin. 'Hm, zo te zien kunnen we toch zaken doen. De kelder met spotkoopjes is boven.' Hij wees naar een touwladder die door een gat in het plafond uit het zicht verdween.

Wankel balancerend op het dak van het koopjesparadijs, was de zogenaamde kelder een soort reusachtige doos op stelten. Het was er koud en tochtig, en het ding zwaaide verontrustend heen en weer terwijl de wind rond de angstig dunne muren huilde. Net als de winkel waar ze net vandaan kwamen, was ook deze ruimte volgepropt met kledingstukken.

'Dat is het probleem met jullie, tovenaars,' zei Smoezel. 'Je komt hier binnen en wilt mijn beste waar voor die zogenaamde krijgshelden van je, en vervolgens trekken ze eropuit en ze ruïneren hun hele uitrusting doordat ze zich door een reus laten vermorzelen. We hebben het hier wel over kwaliteitsspullen!'

Veronica snoof verachtelijk.

'Hoezo, vermórzelen?' vroeg Bart nerveus.

'Ach, dwergen hebben zo hun eigen gevoel voor humor,' fluisterde Randalf.

'Hier.' Smoezel haalde een mantel van jute te voorschijn, afgezet met een rand van namaakbont, en gaf die aan Bart.

'Dat bont doet het 'm,' zei Veronica hatelijk. 'Echt erg fraai.'

'En is deze soms ook beschermd door de kracht van de ondoordringbaarheid?' vroeg Randalf. 'Of bewerkt met een spreuk waardoor wapens erop afschampen?'

'Nee, niet echt,' zei Smoezel. 'Ook al vermoed ik dat een wond wel iets minder diep zal gaan. Althans, dat lijkt me waarschijnlijk.'

'We nemen 'm,' zei Randalf.

Diverse andere kledingstukken volgden. De Wollen Wanten-der-Vastberadenheid, het Vest-van-Vertrouwen, de Laarzen-van-Lef. Bart paste ze allemaal aan. Pas toen ze aan de helm toe waren, protesteerde hij.

'Dát zet ik niet op!'

'Hoezo? Waarom wil je de Helm-van... van-Hoon-en-Spot niet op?' vroeg Randalf. Hij pakte Bart bij de arm. 'Kijk eens hoe die ronde vorm ervoor is gemaakt om slagen van knuppels, knotsen en zwaarden te doen afbuigen. En hier, aan de voorkant, dat extra veiligheidsaccent! Maar wat belangrijker is, de Helm-van-Hoon-en-Spot beschermt niet alleen je hoofd, hij verleent de drager ook het heldhaftige vermogen om de kleding en het uiterlijk van zijn tegenstander de grond in te boren.' Randalf pakte de helm en zette deze op Barts hoofd. 'Een triomf! Zowel het ontwerp als de uitvoering!' verkondigde hij.

'Het is een steelpan,' zei Bart effen.

'Wat ben je toch een buitengewoon scherpzinnige knul,' zei Randalf opgewekt. 'Inderdaad, de helm kan ook dienen als kookbenodigdheid – voor lange tochten, ver van huis...'

'Maar...' protesteerde Bart.

'Je moet een beetje vertrouwen in me hebben, Bart,' viel Randalf hem in de rede. 'Ik weet dat je dapper en moedig bent, maar ik zou geen krijgsheld met een gerust geweten op een queeste kunnen sturen zonder een betoverde helm met zulke unieke vermogens.' Hij keerde zich naar Smoezel. 'We nemen hem,' zei hij. 'En de rest ook.'

Smoezel knikte en begon op gedempte toon alles bij elkaar op te tellen.

Randalf keek door het raam naar buiten, naar de zon. 'Het is al laat,' zei hij. 'Het wordt tijd dat we de plaat poetsen.'

'De plaat poetsen?' zei Veronica. 'Moeten we dat joch nou ook nog met een poetslap bewerken?'

'Veronica, hou je snavel!' zei Randalf. Hij keerde zich naar Smoezel. 'Hoeveel ben ik je schuldig?'

De kledingkoopman keek op. 'Precies acht slijkers, vijf grutten en een zilveren kneus.'

Weer herenigd aan de voet van de gammele trap daalden Randalf, Veronica, Norbert, Hendrik en Bart via de verschillende kledingzaken en -magazijnen af naar de uitgang van het hoge, krakende gebouw.

In elke volgende winkel waar ze doorheen moesten, betrapte Bart zich erop dat hij in de spiegel keek – en kreunde. Gekleed in een jute mantel en wollen handschoenen, met een steelpan op zijn hoofd en gewapend met een roostervork en het deksel van een vuilnisbak, zag hij eruit als een volslagen idioot.

Toen ze de straat op liepen, bleven verschillende dwergen staan, ze draaiden zich naar hem om, wezen en grinnikten. Bart trok Randalf aan zijn mouw.

'Ik loop voor gek!' fluisterde hij gegeneerd.

'Hoe kún je het zeggen?' Veronica schaterde het uit.

'Onzin, Bart,' zei Randalf. 'Je ziet er schitterend uit. Waar of niet, Norbert?'

Deze knikte. 'Ik vind dat bontrandje prachtig. En die zilveren gespen op zijn schoenen glimmen zo mooi!'

'Hij ziet er zelfs nog erger uit dan Theodorus Taartversierder,' zei Veronica. 'En dat wil wat zeggen! Laten we nou wel wezen, een roostervork!'

Randalf keek nijdig op. 'Een roostervork?' riep hij uit. 'Dwaze vogel die je bent! De Drietand-van-List-en-Bedrog is een van de schitterendste wapens die een krijgsheld kan bezitten.'

'Het is niet waar,' zei Veronica honend.

'Ja, het is wél waar!' hield Randalf vol. 'Hoe anders zou hij een drietandige aanval op zijn vijand kunnen inzetten? Nou, daar heb je niks op te zeggen, hè?'

Veronica rolde met haar ogen.

'Heus, Bart,' zei Randalf. 'Je bent de beste krijgsheld die ik ooit naar Modderland heb gehaald.'

'Maar dat zegt niet veel,' kwetterde Veronica.

Norbert pinkte een traantje weg bij de herinnering aan de enige ándere krijgsheld die Randalf had op- geroepen.

'Ik heb een onbegrensd ver- trouwen in je,' vervolgde Ran- dalf. 'En ik weet zeker dat de Gehoornde Baron er net zo over zal denken.'

'Maar wat moet een krijgsheld in Modderland nou eigenlijk doen?' vroeg Bart.

Bij wijze van hoge uitzon- dering wist zelfs Veronica niks te zeggen.

Tegen de tijd dat ze weer bij de poorten van Dwergenstede kwamen, begon de avond net te vallen. De schele dwerg stond op van zijn kruk.

'En, is het gelukt met de...' Toen zag hij Bart en hij snoof geamuseerd. 'Ik zie het al. Het is gelukt.'

Weer op de schouders van de reus, na een onrustige nacht onder de sterren, instrueerde Randalf Norbert welke kant hij uit moest om bij het kasteel van de Gehoornde Baron te komen. Buiten Dwergenstede waren ze rechtsaf geslagen, en inmiddels volgden ze een weg die een brede, kale vlakte overstak naar de uitlopers van een langgerekte bergketen. Terwijl ze voortreisden, kwam het gesprek op Barts naam.

'Daar is niets mis mee,' zei Randalf weifelend. 'Maar misschien zouden we iets krachtigers moeten bedenken. Iets nobelers. Iets wat meer indruk maakt. Kortom, een naam die beter bij een krijgsheld past.'

'Wat vind je van Bart de Verschrikkelijke Roosteraar?' stelde Veronica voor. 'Of Gerardus de Gruwelijk Gebelgde? O, ik weet het, Roderick van Hoon en Smaad...'

'Veronica, hou je snavel!' riep Randalf nijdig. Hij keerde zich naar Bart. 'Wat vind je van Bart de Barbaar? Kort en ter zake, met een tikje geheimzinnigheid. Tenslotte ben je met je Helm-van-Hoon-en-Spot, je Schild-der-Bescheiden-Bescherming en je Drietand-van-List-en-Bedrog een tegenstander die niemand mag onderschatten. Elke draak, elke mensenetende reus en elke draaiduvel zal zich wel twee keer bedenken voordat hij de strijd met je aangaat.'

Bart bleef met een ruk staan. 'Elke draak, zei je? Elke

mensenetende reus? Wil je serieus beweren dat ik de strijd moet aanbinden met draken en mensenetende reuzen?'

'En met draaiduvels,' hielp Norbert hem herinneren. 'Kwaadaardige, geschubde kleine monsters.' Hij keek angstig om zich heen.

'Je bent een krijgsheld, Bart. Een barbaar,' zei Randalf opgewekt. 'Er stroomt vreemd bloed door je aderen. Je bent een vreemde uit een vreemd land, verlangend naar avontuur! Een man zonder vrees!'

'Ja, nou...' begon Bart, maar plotseling drong er een weerzinwekkende geur in zijn neusgaten. 'Bleeegh! Wat is die verschrikkelijke stank?'

Norbert greep naar zijn neus. 'De Muffe Bulten,' zei hij, maar het klonk een beetje anders omdat hij zijn neus dichtkneep.

'En ze zijn muffer dan ooit,' zei Veronica. 'Misschien had je ook nog een Wasknijper tegen Walgelijke Walmen voor hem moeten kopen,' zei ze tegen Randalf. 'Onze krijgsheld ziet een beetje groen.'

Dat was waar. Bart voelde zich ronduit ellendig. Hoewel de stank niet zo doordringend was als in Dwergenstede, was de warme, verschaalde geur die door de wind werd meegevoerd van de Muffe Bulten, ronduit weerzinwekkend – een mengeling van schimmel, muizenkeutels en mottenballen die je maag deed omkeren. Toen ze een bocht om kwamen, verhieven de bergen zich dreigend voor hen. Hoog, gekarteld, onheilspellend en heel, heel erg muf.

'Ze stinken!' bracht Bart hijgend uit.

'De Muffe Bulten zijn heel erg oud, Bart,' zei Randalf streng. 'Ik hoop dat jij ook ooit heel erg oud zult zijn, en dan denk ik dat je ook stinkt.'

'Maar...' begon Bart.

'En hoe zul jíj het dan vinden wanneer iedereen die langskomt zegt dat je stinkt? Nou?'

Bart schudde zijn hoofd. In Modderland had tegenspreken soms gewoon geen zin.

'Maak je geen zorgen, Bart,' zei Norbert troostend. 'Je went er wel aan.'

Voort ging het, steeds maar voort. Kilometer na kilometer. Met Randalf en Veronica op zijn ene schouder, Bart op de andere en Hendrik opgewekt dravend naast hem, liep Norbert gestaag door, zonder ook maar één moment te haperen.

Nadat de weg urenlang vrijwel een rechte lijn had gevolgd, kwamen er steeds meer bochten en slingerde hij zich door de valleien tussen de hoge, gekartelde bergen. Tot Barts verrassing had Norbert gelijk. Hij begon inderdaad aan de onplezierige geur gewend te raken. Of misschien vergat hij deze door alles wat hij om zich heen zag.

Bij hun nadering fladderden harige piepmotten haastig weg, onder het slaken van hoge piepgeluiden. Op de grond scharrelden sjofelvogels die niet konden vliegen, maar wel een verontwaardigd gekwetter wisten uit te brengen. Bovendien klonken er van alle kanten merkwaardige dreunen en een spookachtig gesuis, van vallende rotsblokken en de wind die om de bergen huilde. Heel in de verte meende Bart een vreemd getingel te horen.

Toen ze op een punt kwamen waar de weg zich splitste, bleef Norbert staan. 'Welke kant uit, heer?' vroeg hij.

Randalf, die even was weggedommeld, deed zijn ogen open en keek om zich heen.

'Het kasteel van de Gehoornde Baron, heer,' zei Norbert. 'Is dat rechtsaf of linksaf?'

'Linksaf,' zei Randalf.

'Waar gaat de andere weg naartoe?' vroeg Bart.

'Nergens,' zei Randalf. Hij tikte de reus zachtjes met zijn staf op het hoofd. 'Doorlopen, Norbert.'

Toen ze een eindje verderop een scherpe bocht om kwamen, keek Bart vol ontzag naar een berg in de vorm van een reusachtige schoorsteen, die voor hen opdoemde. De enorme, indrukwekkende kolos verhief zich hoog boven alle andere bergen. Uit de krater op de top steeg rook op, die zich kringelend in de muffe lucht verhief en verwaaide.

'Wat is dat?' vroeg Bart.

De berg rommelde zacht – *boem!* – en braakte een kring van pluizige rook uit. Randalf, die weer eens was ingedommeld, bromde in zijn slaap.

'Dat is de Boemberg,' zei Veronica.

'Want dat doet hij,' voegde Norbert er behulpzaam aan toe. 'Hij doet steeds boem.'

Boem!

Het zwakke geluid klonk opnieuw en werd vergezeld door een tweede kring van rook. De muffe geur werd nog iets muffer. Deze keer deed Randalf zijn ogen open. 'Hoorde ik iets?' vroeg hij.

'Het was de Boemberg, heer,' zei Norbert. 'Hij boemde.'

'Mooi!' Randalf wreef in zijn ogen. 'Dat betekent dat we er bijna zijn. Als we om de volgende bocht komen, moeten we het kasteel van de Gehoornde Baron al kunnen zien. Een buitengewoon charmante ligging...'

'Op de geur na,' voegde Veronica eraan toe.

De weg boog naar links. Randalf wees door de muffe, stoffige lucht naar een reeks hoge pieken en torentjes die zich boven de gekartelde bergtoppen verhieven. 'Daar is het,' kondigde hij aan. 'Het kasteel van de Gehoornde Baron.'

Norbert huiverde. 'Het kasteel geeft me de bibbers,' zei hij. 'Dat heeft het altijd al gedaan.'

'En de Gehoornde Baron kan zo...' begon Veronica.

Op dat moment werd de parkiet overstemd door een luid gerommel dat uit het Elfenwoud leek te komen. Bart draaide zich om en keek in de verte. Het duurde niet lang of hij besefte dat het gerommel het getingel was dat hij eerder had gehoord. En het werd steeds luider. Weer even later zagen ze in de verte een dichte warreling van stof uit het woud komen. En de stofwolken kwamen hun kant uit!

'Een wilde stormloop!' krijste Veronica. 'Het hek! Het hek!'

Althans dat was wat Bart dácht dat ze riep. Hij tuurde in de verte. 'Het hek?' herhaalde hij. 'Wat voor hek? Wat moeten we met een hek?'

'Nee, geen hek, dove!' zei Veronica. 'Bestek!'

'Zoek dekking!' riep Randalf terwijl de stormloop naderde.

Bart dook achter een rotsblok en keek verbijsterd naar de horde keukengereedschap die langs kwam denderen. Lepels, messen en vorken, opscheplepels en tangen, scharen en vleesspiezen, schillers, slijpers, prakkers en malers – allemaal stormden ze voorbij, in een wilde en uitzinnige vlucht naar de Muffe Bulten.

'Er is beslist iets aan de hand in het Elfenwoud,' zei Veronica somber. 'Een of andere vreemde, machtige toverij die daar broeit. Let op mijn woorden. En je weet wie daarachter zit. Meester Troetel...'

'Veronica, hou je snável!' riep Randalf woedend. 'Hoe vaak moet ik je dat nou nog zeggen? Ik wens niet dat die naam in mijn aanwezigheid wordt genoemd. Onder geen voorwaarde!'

Bart fronste zijn wenkbrauwen en keerde zich naar Veronica. 'Maar je zei...'

'Hou je mond, Bart!' siste Veronica. Ze keerde zich weer naar Randalf. 'Denk je niet dat het tijd is om weer eens op weg te gaan?'

'Inderdaad. Heel juist,' zei Randalf. Hij kwam voorzichtig overeind en keek om zich heen. Van het bestek was niets meer te bekennen. 'Kom mee. De kust is veilig. We moeten verder.'

Toen ze eindelijk in het kasteel van de Gehoornde Baron waren aangekomen, ging Randalf (met Veronica weer op zijn hoed) de anderen voor, een brede, gedraaide trap op naar de eerste verdieping. Bij een indrukwekkende eikenhouten deur bleef Randalf staan.

'Wacht hier,' zei hij tegen Bart, en zijn stem weergalmde onder het hoge, gewelfde plafond. 'Ik ga je aan de baron voorstellen, maar daarvoor wil ik het juiste moment afwachten. Alles hangt af van het moment. Ik kan het weten, want ik ben tovenaar.'

Hij draaide zich om en klopte.

'Binnen!' galmde een luide stem.

Randalf deed de deur open en ging naar binnen. 'Hooggeëerde Gehoornde Baron,' zei hij met een diepe buiging. Veronica sprong op zijn schouder. Norbert maakte een kniebuiging. 'Wat doet het me deugd te kunnen vaststellen dat de Baron er zo goed uitziet.'

De kleine, opgedirkte man die door de kamer had lopen ijsberen, bleef staan en keek Randalf aan. 'O, ben jij het weer?' zei hij.

'Inderdaad, ik ben het,' zei Randalf opgewekt.

De Gehoornde Baron fronste dreigend zijn wenkbrauwen. 'Je bent laat,' snauwde hij. 'Ik heb afgelopen dinsdag al een tovenaar besteld.'

'Duizend maal excuus, edele heer,' zei Randalf. 'Maar u weet hoe dat gaat. De ene toverspreuk leidt tot de volgende, en voordat je het weet...'

'Nee, ik weet níét "hoe dat gaat". De stem van de Gehoornde Baron klonk net iets te hoog, net iets te schel. 'Wanneer ik een tovenaar bestel, verwacht ik dat hij onmiddellijk stopt met wat hij ook aan het doen is en naar het kasteel komt. Is dat duidelijk?'

'Absoluut, heer... Ja, heer... Het spijt me, heer...' brabbelde

Randalf. 'Ik heb het zo druk gehad. Zeker nu alle andere tovenaars... eh... op vakantie zijn...'

'Ja, ja, dat zal allemaal wel. Nou ja, ik neem aan dat ik genoegen met jou zal moeten nemen,' zei de Gehoornde Baron met een zucht. 'Ik ben ten einde raad! Blijkbaar zwerft er een reus door het land die als een bezetene tekeergaat. Een enorme, kolossale bruut! Dat is wel het laatste waar ik op zit te wachten. Zeker met al die geruchten dat er iets niet pluis is in het Elfenwoud.'

'Zie je nou wel,' mompelde Veronica zelfingenomen. 'Ik heb het je gezegd!'

Bij het noemen van het Elfenwoud werd Randalf vuurrood. 'Een reus, zei u. Wat u nodig hebt, is een krijgsheld,' vervolgde hij haastig.

De Gehoornde Baron kreunde. 'Dat zei je de vorige keer ook al, toen ik problemen had met de afvoer. Hoe heette hij ook alweer? Theodorus Taartversierder? Ik ben nóg bezig de rotzooi op te ruimen die hij heeft achtergelaten.' De Baron schudde zijn hoofd. 'Het probleem is dat de kwaliteit van de krijgsheld afhangt van de tovenaar die hem oproept, en als ik heel eerlijk ben...'

Zijn stem stierf weg terwijl hij Randalf keurend van top tot teen opnam, met opgetrokken wenkbrauwen en een bovenlip die krulde van minachting.

Randalf maakte zich zo lang mogelijk en zette een hoge borst op. 'Het oproepen van een krijgsheld is zwaar werk en vereist jarenlange studie en de opperste concentratie,' zei hij. 'Alleen de beste tovenaars zijn in staat een dergelijke veeleisende toverspreuk te gebruiken. Een tovenaar, zeg ik in alle nederigheid, zoals ik.'

'Hm. Het mocht wat,' zei de Gehoornde Baron sceptisch.

'We zullen deze keer meer nodig hebben dan een taartversierder, Randalf. Er waart een woedende, mensenetende reus door het land, en met elke dag die verstrijkt, wordt zijn woede groter. Volgens mijn bronnen luistert hij naar de naam Engelbert de Enorme. De toestand is werkelijk rampzalig, dat kan ik je wel vertellen. Hij heeft rieten daken van huizen gerukt, akkers en boomgaarden vertrapt, én hij knijpt in schapen...'

'Dat klinkt niet goed.' Randalf klakte meelevend met zijn tong.

'Alleen al vannacht heeft hij een hele kudde geknepen!' vervolgde de Gehoornde Baron. 'Er móét iets aan gedaan worden!'

'En er zál iets aan gedaan worden!' kondigde Randalf aan. 'Want ik kan u het goede nieuws brengen dat ik er na lang en onverdroten experimenteren in ben geslaagd een grote krijgsheld van ver naar Modderland te halen. Hij is dapper. Hij is onverschrokken. Hij heeft een scherp verstand en is moedig in de strijd. Een krijgsheld wiens reputatie hem vooruit snelt. Wereldberoemd in zijn eigen dorp...'

'Hou op met dat gewauwel en kom ter zake!' zei de Gehoornde Baron geërgerd.

'Sta me toe hem aan u voor te stellen, Bart de Barbaar!' zei Randalf, en hij keerde zich vol verwachting naar de deur.

Niemand.

'En?' vroeg de Gehoornde Baron. 'Waar blijft hij nou?'

'Een ogenblikje, heer,' zei Randalf en schraapte zijn keel. 'Ik stel u voor...' Hij keerde zich weer naar de deur en bulderde zo hard als hij kon: 'BART DE BARBAAR!'

Voordat de echo zelfs maar was weggestorven, klonk er opgewonden gekef, gevolgd door het geluid van nagels op steen, en daar kwam Hendrik binnenstormen, met flapperende oren, zijn tong uit zijn bek, zijn riem achter zich aan slepend.

De ogen van de Gehoornde Baron puilden bijna uit hun kassen. 'Allemachtig, wat is dát?' riep hij uit, en hij keerde zich naar de tovenaar. 'Dat is inderdaad een barbaar, Randalf!' zei hij hatelijk. 'Doen ze niet aan kappers waar hij vandaan komt?'

Randalf glimlachte. 'De Hooggeëerde Baron heeft het verkeerd begrepen. Dit is niet de krijgsheld over wie ik sprak, maar zijn trouwe krijgshond.'

'Hendrik de Harige,' mompelde Veronica grinnikend.

'De echte krijgsheld staat op het punt binnen te komen,' zei Randalf. 'Bart de Barbaar,' riep hij opnieuw met luide stem. Toen vertrok hij geërgerd zijn gezicht. 'Bart! Wil je nu binnenkomen? En wel onmiddellijk!'

Bart stak zenuwachtig zijn bleke gezicht om de deur. 'Riep je mij?'

'Hij is toch niet doof?' vroeg de Gehoornde Baron. 'Want in dat geval geef ik hem niet veel kans.'

'Natuurlijk is hij niet doof,' zei Randalf. 'Dat gezegd hebbende... de zintuigen van deze bijzondere krijgsheld zijn stuk voor stuk zo scherp, zo gevoelig, zo nauwkeurig afgestemd, dat hij er desnoods twee of drie zou kunnen missen en dan nog altijd onoverwinnelijk zou zijn.'

Bart kwam onder luid gekletter het vertrek binnen en ging bij de anderen staan. De Gehoornde Baron nam hem aandachtig op en snoof verachtelijk. 'Ik kan niet zeggen dat hij er indrukwekkend uitziet.' Hij gebaarde met zijn hoofd naar Hendrik. 'Weet je echt zeker dat dit niet onze krijgs-held is?'

'Schijn kan bedriegen,' zei Randalf. 'Kijk bijvoorbeeld nou eens naar uzelf. Wij weten dat u een indrukwekkende, nobele Gehoornde Baron bent, maar wie u ziet...'

'Wat... wat... wat wou je daarmee zeggen?' De Ge-hoornde Baron ontplofte bijna van woede. 'Want ik geloof niet dat ik weet wat je bedoelt.'

Bart glimlachte zenuwachtig. Ondanks zijn indrukwek-kende titel en het statige kasteel waarin hij woonde, was de Gehoornde Baron inder-daad nogal klein. Dat viel niet te ontkennen. Bo-vendien had hij een mager muizengezicht en spichtige armen en benen. Zelfs zijn naam was een beetje mislei-dend. Bart had gedacht dat de Gehoornde Baron een paar reusachtige, gekrulde hoorns zou hebben die uit zijn hoofd groeiden. Dus hij moest be-kennen dat hij een beetje te-leurgesteld was, nu bleek dat de baron zijn naam ontleende aan de enorme hoorns op zijn helm, die telkens over zijn ogen zakte.

Eigenlijk was die hele Gehoornde Baron één grote af-knapper.

'Wat ik bedoelde, edele heer,' zei Randalf, 'is dat uw

grootsheid en uw nobele inborst des te indrukwekkender zijn omdat ze zo... zo goed verbórgen zijn!'

'Hm!' De Gehoornde Baron snoof wantrouwend, niet goed wetend wat hij van de woorden van de tovenaar moest denken. Hij richtte zijn aandacht weer op Bart en zuchtte vermoeid. 'Als dit alles is wat er te krijgen valt, dan zal ik het ermee moeten doen.'

Randalf was weer een en al opgewektheid. 'U weet wat ze zeggen,' zei hij. 'Eén barbaar in de hand is de prijs van twee taartversierders dubbel en dwars waard.' Hij wreef in zijn handen. 'En over geld gesproken, misschien kunnen we het meteen even hebben over de gevoelige kwestie van mijn vergoeding.'

'Jouw vergoeding?' vroeg de Gehoornde Baron, en hij trok zijn wenkbrauwen angstaanjagend ver omhoog.

'Ja, twee gouden joekels, was het niet?' opperde Randalf gedurfd.

'Drie zilveren kneuzen,' zei de Gehoornde Baron, en hij liet wat munten rinkelen in zijn zak. 'En dan voel ik me nog bestolen!'

Randalf kreunde. Zo weinig geld, en dat voor zoveel moeite, zo'n lange reis. Het probleem was dat hij, gezien zijn staat van dienst, niet in een positie verkeerde om te onderhandelen. 'Akkoord, drie zilveren kneuzen,' zei hij, en hij stak zijn hand uit naar het geld.

Maar de Gehoornde Baron trok abrupt zijn hand terug. 'Wacht eens even! Ik vergeet de kwestie met die ontplofte elf,' zei hij. 'Dus daarvoor moet ik iets aftrekken. O, en dan was er ook nog die kwestie van de smeltende zilveren bokaal. En de verschrikkelijke plaag van die zich razendsnel verspreidende groene schimmel in de badkamers van het kasteel... heel erg vervelend... Dus als ik dat er allemaal aftrek, sta jij bij mij in het krijt!'

'Maar dat is niet eerlijk...' begon Randalf.

'Het leven is niet eerlijk,' antwoordde de Baron. 'Maar vooruit, niemand zal kunnen zeggen dat de Gehoornde Baron niet vrijgevig is. Hier, een koperen slijker.'

'Dat moet je niet pikken!' zei Veronica.

'Veronica, hou je snavel,' beet Randalf haar toe. Hij slikte zowel zijn woorden als zijn trots in en stopte de enkele munt in zijn zak. En ach, misschien stond het tij op het punt te keren en zou het geluk hem weer toelachen. Misschien zou Bart de Barbaar – die uitzónderlijke krijgsheld – hem weten te verrassen. Daar durfde hij niet op te rekenen, maar hij zou gewoon moeten doen wat hij altijd deed in dit soort situaties: hij zou er het beste van maken.

'Trek dan ten strijde!' zei de Gehoornde Baron, zich rechtstreeks tot Bart richtend. 'Reis naar het zuiden, vind Engelbert de Enorme en maak eens en voor altijd een eind aan zijn vernielingen. En wanneer je de vijand hebt gedood, wil ik dat je me zijn hoofd brengt. Als je dat doet, wacht er een buidel met zilveren kneuzen op je.'

'Zijn hoofd?' zei Bart vervuld van afschuw. 'Bleegh!'

'Alleen bij wijze van spreken,' zei Randalf haastig, terwijl hij Bart bij de arm pakte en naar de deur loodste. 'Alles wat als bewijs kan dienen, is goed.' Hij keerde zich weer naar de Gehoornde Baron. 'Beschouw uw opdracht als uitgevoerd, edele heer.'

Op dat moment werd de betrekkelijke rust verstoord door een bloedstollend gekrijs: 'WALTER!'

De Gehoornde Baron verbleekte licht en glimlachte zwakjes.

'Wálter! Waar zijn mijn zingende gordijnen? De gordijnen die ik je heb aangewezen in de catalogus. Je hebt ze me al eeuwen geleden beloofd. Mooie woorden en loze praatjes! Dat is alles wat ik van je krijg. Verder kom je niet!' krijste de stem. 'De Gehoornde Baron! Het mocht wat! Hoe durf je je nog zo te noemen?'

'Alles is onder controle, mijn kleine nachtegaal,' riep de Baron terug. 'Ik heb ze besteld. Ze zijn gemaakt van de mooiste stof, en hun stem is die van een engel. Dat mag ook wel, want ze kosten me een fortuin.'

'WAL-TER!' krijste Ingrid verontwaardigd.

'Maar dat zijn ze natuurlijk meer dan waard, tot en met mijn laatste koperen slijker,' voegde hij er haastig aan toe.

Voordat de Gehoornde Baron de kans kreeg zich te herinneren waar zijn laatste koperen slijker was gebleven, loodste Randalf de anderen haastig de deur uit, de trap af, de binnenplaats over. Op de treden buiten de poort bleef hij ten slotte staan. 'Alles in aanmerking genomen, ging het heel goed,' zei hij.

'Als je dat goed wilt noemen – vernederd en afgezet worden – dan heb je gelijk,' zei Veronica wrang.

'Veronica, hou je snavel!' zei Randalf. Hij keerde zich naar Bart en sloeg hem op zijn schouder. 'Het is bijna zover, Bart de Barbaar!' Hij probeerde zo opgewekt mogelijk te klinken. 'We brengen hier de nacht door. En morgenochtend, wanneer de zon opkomt aan de hemel boven Modderland, begint onze queeste!'

De volgende dageraad brak helder en vroeg aan – anders dan de dag ervoor, toen hij een uur te laat was geweest, of de vorige woensdag, toen de dageraad pas tegen halftwee 's middags was aangebroken. Onbevestigde geruchten deden de ronde dat Meester Troetel hiervoor verantwoordelijk zou zijn. Hoe dan ook, op deze ochtend kwam de zon op zoals het hoorde – en dat was maar goed ook, want anders hadden Randalf en de anderen geen schijn van kans gehad om in één dag de Reuzenheuvels te bereiken.

'Probeer er energiek en daadkrachtig uit te zien!' zei Randalf telkens weer, terwijl hij druk bezig was om alles en iedereen gereed te maken voor de reis. Ten slotte was het zover en gingen ze op weg.

Heen en weer deinend op Norberts linkerschouder voelde Bart zich verre van gelukkig. Nog afgezien van zijn reusziekte, die in volle hevigheid was teruggekomen op het moment dat ze waren vertrokken, was hij bepaald niet gerust op de aanstaande queeste, de zoektocht die hij moest ondernemen.

'Al dat gepraat over mensenetende reuzen en geknepen

schapen,' zei hij. 'Dat bevalt me helemaal niet. Ik ben geen krijgsheld. Ik ben maar een gewone schooljongen, en ik wil naar huis.'

Vanaf Norberts rechterschouder boog Randalf zich naar hem toe, en hij klopte Bart geruststellend op zijn arm. 'Maak je geen zorgen,' zei hij. 'Het komt allemaal prima in orde. En ik kan het weten, want ik ben tovenaar.'

'Dat kan jij gemakkelijk zeggen,' zei Bart. 'Maar kijk nou eens naar Norbert! Hij heet Norbert Nietzogroot. Wat moet ik me dan in 's hemelsnaam voorstellen bij een reus die Engelbert de Enorme heet?'

'Iets enorms,' zei Veronica. 'Ik denk dat je gerust op zijn naam kunt afgaan.'

'O ja, dat weet ik wel zeker,' zei Norbert. 'Het kan niet anders of hij is echt reusachtig! Waarschijnlijk twee keer zo groot als ik en drie keer zo breed. Sterker nog, Engelbert moet zelfs nog groter zijn dan mijn grootvader, Umberto de Onvoorstelbaargrote – om nog maar te zwijgen van Oom Malcolm Negenbuik.'

'Ja, ja, Norbert, erg boeiend allemaal,' zei Randalf. Hij keerde zich weer naar Bart. 'Waar het om gaat, is dat ik niet van je verwacht dat je daadwerkelijk het gevecht met Engelbert aangaat.'

'O nee?' vroeg Bart.

'Nee, natuurlijk niet,' zei Randalf. 'Dat zou belachelijk zijn.'

'Wat verwacht je dan wél van me?' vroeg Bart.

'Psychologie.' Randalf tikte veelbetekenend tegen zijn slaap. 'Het draait allemaal om psychologie.'

'O ja?' vroeg Bart.

'Kijk,' vervolgde Randalf, en hij onderdrukte een geeuw.

'Iedereen weet dat mensenetende reuzen eigenlijk enorme watjes zijn. Waar of niet, Norbert?'

Bart klampte zich stevig vast toen Norbert instemmend knikte.

'Echt waar?' vroeg Bart.

'Echt waar,' bevestigde Randalf slaperig. 'Dus je hoeft alleen maar recht op hem af te lopen op je Laarzen-van-Lef, je zwaait met je drietandige Drietand-van-List-en-Bedrog voor zijn gezicht, je kijkt hem doordringend aan vanonder je Helm-van-Hoon-en-Spot en je zegt dat hij moet ophouden met dat stoute gedoe, of anders!'

'Of anders wat?' vroeg Bart.

'Of anders geef je hem een pak voor zijn billen. Dan maak je een akelige, hatelijke opmerking over zijn uiterlijk, en voor je het weet snottert hij als een klein kind. Dus het is eigenlijk heel eenvoudig.'

'Als het zo eenvoudig is, waar heb je mij dan voor nodig?' vroeg Bart.

'Vanwege de psychologie,' zei Randalf geeuwend. 'Jij bent een krijgsheld. Reuzen zijn doodsbang voor krijgshelden. Want dat zijn tenslotte reuzenslachters, drakendoders, trollenvermorzelaars – niemand heeft ook maar een schijn van kans tegen een krijgsheld. Dat is algemeen bekend.'

'Maar ik bén geen krijgsheld,' zei Bart. 'Ik heb je nou al zo vaak gezegd dat ik nog nooit een reus heb afgeslacht of een trol heb vermorzeld. Echt niet!'

'Ach, jongen, in die uitmonstering...' Randalf ging iets gemakkelijker zitten, tegen Norberts rechteroor. 'Als Engelbert de... nou ja, hoe hij ook heet... je in die uitmonstering ziet, hoeft hij maar één blik op je te werpen, en hij zal in snikken uitbarsten en beloven een brave reus te zijn. Vooral wanneer je zegt dat zijn ogen te dicht bij elkaar staan en dat hij ruikt als een roze stinkzwijn. Heus, ik kan het weten, want ik ben...'

'Tovenaar,' vulde Bart aan. Maar Randalf was al vast in slaap. Vanaf Norberts rechterschouder klonk een zacht, raspend gesnurk.

'En weg is-ie weer,' zei Veronica. 'Ik heb nog nooit iemand gezien die zoveel sliep. Nou ja, hij houdt tenminste zijn mond.'

'Veronica, hou je snavel!' mompelde Randalf in zijn slaap.

'Als ik het niet dacht!' zei Veronica.

Ze volgden dezelfde route als op de heenweg en reisden terug over het pad dat zich tussen de Muffe Bulten door slingerde. De morgen trok langzaam voorbij, en het duurde niet lang of het was middag.

Boem!

Heel ver achter hen klonk het zachte dreunen van de Boemberg. Harige piepmotten fladderden gejaagd heen en weer, op zoek naar verloren sokken om op te eten. Sjofelvogels namen een bad in het muffe zand langs de kant van het pad, terwijl een zwerm ronde torren met geweien langzaam langs kwam zoemen, op zoek naar moordmadeliefjes om te bestuiven.

'Het zijn net miniatuuruitvoeringen van de Gehoornde Baron,' zei Bart lachend.

Veronica knikte, knarste met haar snavel en slikte. 'Alleen smaken ze een stuk beter,' zei ze.

Barts gezicht vertrok van afschuw en hij wendde zich af. Terwijl hij dat deed, zag hij vanuit zijn ooghoeken iets glinsteren.

'Wat is dat?' vroeg hij, naar de grond kijkend.

'Wat is wat, heer?' vroeg Norbert.

'Dat!' Bart wees naar Norberts linkervoet. 'Pas op dat je er niet op trapt.'

En inderdaad, in het schemerige licht glinsterde er iets bij Norberts linkervoet. Het was een klein zilveren theelepeltje, dat een soort verloren dansje leek uit te voeren in het stof. Het draaide almaar in het rond, in steeds kleiner wordende cirkels. Ten slotte waren de cirkels zo klein, dat het theelepeltje op één plek bleef en zich na een laatste, twinkelende pirouette met een zacht gerinkel op de grond liet vallen.

Bart sprong van Norberts schouder en raapte het lepeltje voorzichtig op. Terwijl hij het in zijn hand hield, slaakte het lepeltje een lichte zucht.

'Hoorde je dat?' Bart hield het lepeltje omhoog. 'Volgens mij zuchtte het.'

'Het is eenzaam,' zei Norbert. 'Blijkbaar is het de kudde kwijtgeraakt, tijdens die stormloop van het bestek.'

'Een betoverde theelepel,' zei Veronica, en het klonk onheilspellend.

'Mag ik het lepeltje houden?' vroeg Bart.

'Wie het vindt mag het houden,' zei Veronica. 'Het past goed bij je steelpan en je roostervork.' Ze zette de veren in haar nek omhoog en stak haar snavel in de lucht. 'Je kunt het de Theelepel-der-Tirannen noemen, en er mensenetende reuzen mee de stuipen op het lijf jagen.'

'Waarom staan we stil?' klonk de stem van Randalf. 'En had iemand het over thee?'

'Ik trapte bijna op een theelepel, heer,' zei Norbert. 'Dat had heel akelig kunnen zijn. Mijn Tante Bertha met de Grote Voeten trapte voortdurend op dingen. Of om precies te zijn, ín dingen. Tja, die keer dat ze in een enorme kwak...'

'Zo kan-ie wel weer, Norbert. Dank je wel,' zei Randalf. 'Als je zover bent, Bart, kunnen we misschien verder. We hebben een queeste voor de boeg en nog een lange weg te gaan.'

Bart knikte en liet het lepeltje in zijn achterzak glijden. Norbert bukte zich, hees hem op zijn schouder, en daar gingen ze weer. Randalfs hoofd zakte al naar voren en hij viel opnieuw in slaap.

Het duurde niet lang of het pad liet de hoogste toppen van de Muffe Bulten achter zich en slingerde zich door de uitlopers van de bergen. Deze waren net zo kaal en muf als de bergen zelf, en er hing een doordringende lucht van oude sokken. Aan zijn rechterhand zag Bart een hoge heuvel met een ronde top die hij aanvankelijk niet had opgemerkt. Anders dan de rest van de uitlopers was hij dicht begroeid met gras en reusachtige gele en witte madeliefjes. Hun zoete geur hing in de lucht. Steltmuizen schoten door de groene sprieten; vlinders fladderden boven zijn hoofd.

Bart ademde de verrukkelijk frisse lucht in en tikte Norbert op de schouder. 'Niet zo vlug, Norbert. Laten we van het uitzicht genieten,' zei hij.

Norbert huiverde angstig, zodat het niet veel scheelde of Bart verloor zijn evenwicht.

'Pas op!' riep hij uit. 'Ik viel bijna van je schouder! O, kijk eens, Norbert! Daar! Wat ziet dat er lief uit!'

Een schattige steltmuis met grote blauwe ogen liep sierlijk door het zacht wuivende gras. De geurige bries speelde met zijn witte vacht.

'Dit is de Heuvel-der-Onschuld,' zei Norbert.

'Huh!' Randalf schrok wakker. 'Norbert, beste kerel,' zei de tovenaar. 'Waarom moet ik telkens wanneer ik wakker word, vaststellen dat je stilstaat, met je blik op oneindig?'

'Dat komt door Bart, heer,' zei Norbert verontschuldigend. 'Hij wilde van het uitzicht genieten.'

Net op dat moment slaakte de steltmuis een gilletje toen een van de madelieven zijn kaken opensperde en het beestje in één hap verslond. Enkele tellen later liet de bloem een afschuwelijke boer.

'Ik dacht dat dit de Heuvel-der-Onschuld was,' zei Bart, vervuld van afschuw.

'O, de heuvel is ook volmaakt onschuldig,' zei Veronica.

'Het zijn de moordmadelieven waarvoor je moet oppassen.'

Bart schudde zijn hoofd. 'Wat een krankzinnig oord,' mompelde hij. Toen keek hij naar de grond, om te zien of Hendrik nog in de buurt was. 'Kom eens hier!' riep hij. 'Kom maar op m'n schoot zitten. Je weet maar nooit of we straks langs een "Veilige-Heuvel" komen of een "Niks-Aan-De-Hand-Wei".'

'Daar heb ik nog nooit van gehoord,' zei Norbert. 'Maar het klinkt griezelig.'

'Kunnen we nu alsjeblíéft verdergaan,' zei Randalf geërgerd. 'Maak me maar wakker wanneer we bij Trollenbrug zijn.'

Norbert ging weer op weg, deze keer in een voortvarend tempo. Bart begon gewend te raken aan het reusrijden, en met Hendrik veilig op zijn schoot ontspande hij zich eindelijk een beetje. Langzaam maar zeker werden zijn oogleden zwaar, en hij begon te knikkebollen.

Plotseling – hij wist niet hoeveel tijd er was verstreken – schoot hij met een ruk wakker. Zijn mond zat vol modder, en Hendrik was bezig zijn gezicht schoon te likken. Hij keek op. Randalf stond overeind, terwijl Norbert met veel misbaar probeerde het zand van zijn mantel te slaan.

'Ga me nou niet vertellen dat je weer in een gat bent gestapt!' zei de tovenaar boos. 'Je zou nu toch echt geleerd moeten hebben dat je moet kijken waar je loopt, Norbert.'

'Het was geen gat,' zei Norbert huilerig.

'Nee,' klonk een boos stemmetje. 'Het was mijn stook- en kookhol. En mijn kookpot kan ik wel weggooien.'

In een gat in de weg stond een elf, die woedend een geplette metalen schijf – met iets wat leek op een tuit eraan – op de grond gooide en woedend wegmarcheerde. Bart krabbelde overeind, keek om zich heen en hield zijn adem in. Vóór hem lag Trollenbrug.

De brug was gebouwd op vier grote bogen over de rivier: een zware, maar tegelijkertijd rijk versierde constructie van steen, compleet met hoge, puntige koepeltorentjes en schitterende, hoge poorthuizen. Pas toen hij wat beter keek, zag Bart hoe verwaarloosd Trollenbrug in werkelijkheid was.

'Het is wel een beetje smerig,' zei hij. 'En die toren ziet eruit alsof hij elk moment kan instorten,' voegde hij eraan toe, terwijl hij omhoog wees.

Randalf haalde zijn schouders op. 'Ach, Trollenbrug heeft een zekere "doorleefde" charme,' zei hij. 'Trollen bezitten vele prachtige kwaliteiten, maar netheid valt daar niet onder. Koppigheid is een heel andere zaak. Trollen kunnen erg koppig zijn, zoals je zou weten als je ooit had geprobeerd een trol zover te krijgen dat hij zijn slaapkamer schoonmaakte...'

'En ze gooien nooit iets weg.' Veronica fladderde met haar vleugel in de richting van de berg rommel aan de voet van de poorthuizen. 'Moet je nou toch eens zien, wat een rotzooi!'

'Goedendag,' klonk een lage, maar opgewekte stem vanaf het midden van de berg. 'Kan ik u helpen?'

Op een stapel fietswielen, oude kranen, stukken hout, schroeven en spijkers, haren en snaren, rollen draad, een mangel, een vogelkooi, een wasteil... zat op een driepotige kruk een gedrongen wezen met kromme benen, pluizig haar en nogal woest ogende tanden die uit zijn vooruitstekende onderkaak omhoog wezen.

'Dat kun je zeker.' Randalf deed een stap naar voren. 'We willen die schitterende brug van je oversteken.'

'Dat is dan één mangelwortel,' zei de trol.

'Een mangelwortel?' herhaalde Randalf, en hij begon met veel misbaar zijn zakken te doorzoeken. 'Ik ben bang dat al mijn mangelwortels op zijn.'

'Een raap dan,' zei de trol. 'Die moet je toch wel hebben.'

'Ik ben bang van niet,' zei Randalf.

'Een winterpeen,' zei de trol. 'Elke wortelgroente is goed.'

'Het spijt me,' zei Randalf.

'Een aardappel?' stelde de trol voor. 'Het geeft niet als hij een beetje schimmelig is.'

'Helaas...' zei Randalf.

De trol zuchtte. 'Een ui? Een courgette? Een maïskolf, een kleintje maar? Nou, vooruit dan maar. Ik doe het voor een gedroogde erwt.'

Randalf schudde spijtig zijn hoofd.

'Wat zijn jullie nou voor reizigers?' zei de trol. 'Is er echt niemand van jullie die een erwt bij zich heeft? Tja, ik weet 't niet hoor...' Hij klakte afkeurend met zijn tong. 'Wat hebben jullie dan wél?'

Randalf keerde zich naar Bart. 'Ik bevind me in een nogal beschamende situatie,' zei hij. 'Want ik heb natuurlijk mijn spreuk waarmee ik een krijgsheld kan oproepen, en een strijdlustige parkiet, maar dat is het wel zo ongeveer...'

'Je bent toch niet van plan mij als betaalmiddel te gebruiken?' krijste Veronica verontwaardigd.

'Wie zou jou nou willen hebben?' snauwde Randalf.

'Zeg... eh... Bart. Ik neem niet aan dat jij...'

Bart voelde in de zakken van zijn spijkerbroek en haalde een oud buskaartje te voorschijn en een lollystokje. Hij hield ze Randalf voor.

'Een kaartje van een strijdwagen in een ver land,' zei Randalf terwijl hij het buskaartje omhoochield.

De trol keek peinzend. 'Het is wel verleidelijk,' zei hij ten slotte. 'Een ver land, zeg je? Het probleem is dat ik niet zo vaak in verre landen kom...'

'Het is niet waar!' hoonde Veronica.

'Veronica, hou je snavel!' zei Randalf, en hij keerde zich weer naar de trol. 'Nee? Akkoord. En dit dan? Een miniatuurpeddel?'

'Een miniatuurpeddel.' De trol keek naar het lollystokje. 'Aardig, heel aardig. Prachtig vakmanschap, maar een beetje... hoe zal ik het zeggen? Een beetje aan de kleine kant.'

Randalf keerde zich vragend naar Bart, die zijn zakken binnenstebuiten keerde. 'Ze zijn leeg,' fluisterde hij. 'Ik heb niks anders...' Terwijl hij het zei, voelde hij in zijn achterzakken. Verscholen in een hoekje ontdekte hij de kleine zilveren theelepel, die uit alle macht probeerde zijn tranen in bedwang te houden.

'Alleen dit,' zei Bart onzeker, en hij hield het theelepeltje omhoog. 'De Theelepel der... eh... Tirannen!'

'De Theelepel-der-Tirannen!' Randalf pakte de lepel met een zwierig gebaar van hem aan, waarop het ding een schuchter gepiep liet horen.

Randalf sloeg er geen acht op. 'Gesmeed door elven. Doordrenkt met toverkracht...'

'De Theelepel-der-Tirannen,' zei de trol, duidelijk onder de indruk, terwijl Randalf het lepeltje in zijn grote, smerige hand legde. De theelepel slaakte een zucht. 'Natuurlijk is een mangelwortel het algemeen erkende tarief. Of een raap. Maar je lijkt me een eerlijke kerel... dus vooruit. Ik doe het voor een Theelepel-der-Tirannen! Welkom in Trollenbrug.'

'Eindelijk,' mompelde Randalf. 'En hartelijk dank,' zei hij terwijl de trol de poort opendeed en hun gebaarde door te lopen. 'Het was me een genoegen zaken met je te doen.'

'Maar denk erom... de volgende keer moet je een mangelwortel hebben. Anders kan ik je niet doorlaten,' zei de trol, terwijl hij terugslenterde naar zijn kruk.

Bart deed Hendrik aan de riem en volgde Randalf en de anderen. Het was marktdag in Trollenbrug, dus overal heerste koortsachtige bedrijvigheid. Want hoewel de trollen onder de brug woonden, voerden ze hun luidruchtige onderhandelingen – met veel pingelen en afdingen – erbovenop. Valluiken gingen onafgebroken open en dicht, terwijl de trollen van beneden naar boven klommen en omgekeerd. Langs de balustraden aan weerskanten van de brug stonden overdekte kramen en tafels op schragen, stuk voor stuk beladen met regelrechte rommel. Erachter stonden enthousiaste trollen die beleefd hun waren aanprezen.

'Oud touw! Haal hier uw oude touw! Verkrijgbaar in alle lengten.'

'Ik heb de beste oude sokken van heel Trollenbrug. Dus als u zo goed zou willen zijn, kom een kijkje nemen! Speciaal ongewassen en gerijpt door piepmotten!'

'Mangelwortels! Prachtige mangelwortels! De moeite van het bekijken waard!'

Overal stonden kisten en zakken gevuld met rommel van alle soorten en afmetingen, en hier en daar wat wortelgroenten.

'De trollen zijn in heel Modderland beroemd om hun wortelgewassen,' legde Randalf uit. 'Vooral mangelwortels. Daar zijn ze verzot op.'

'Het is niet waar!' zei Bart, terwijl ze langs een gammel kraampje kwamen dat doorboog onder een enorme piramide mangelwortels.

Langzaam maar zeker baanden ze zich een weg door de enorme drukte op de Trollenbrug, terwijl hun oren tuitten van het afdingen en onderhandelen dat zich aan alle kanten om hen heen voltrok.

'Ik geef je een jampot met afgeknipte teennagels en een kapotte emmer.'

'Met die gedroogde-erwtenkoeken erbij, zijn we het eens.'

'Wie koopt mijn zoete rode toverballen? Drie keer op gezogen, drie keer op het tapijt gevallen...'

'Flessendoppen! Flessendoppen!'

'Flessenbodems! Flessenbodems!'

Bart keek verbijsterd om zich heen, overweldigd door alle indrukken.

'Bij mij blijven allemaal!' riep Randalf ongeduldig vanaf het eind van de brug. 'Norbert, leg die raap neer. We zijn hier niet om te eten. Bart, kom op! We hebben niet de hele dag de tijd.'

'Sorry!' riep Bart terug. Hij trok Hendrik weg bij een uitstalling met grappig gevormde wortelen en haastte zich achter de anderen aan.

'Waar blééf je nou zo lang?' zei Randalf.

'Ik vond het leuk om een beetje rond te kijken,' zei Bart. 'En iedereen is zo vriendelijk en beleefd.' Hij fronste zijn wenkbrauwen. 'Maar wat doen ze met al die rommel?'

'De wegen van de trollen zijn even geheimzinnig als bizar...' begon Randalf hoogdravend.

'Met andere woorden, hij weet het niet,' kwetterde Veronica. 'Maar dit is nog niks! Je zou hun slaapkamers eens moeten zien!'

'Praat niet zo hard!' zei Randalf, terwijl ze langs een tweede tolwachter kwamen, aan deze kant van de brug. 'Trollen zijn erg gevoelig en snel gekwetst.'

De trol leek als twee druppels water op de tolwachter aan de andere kant van de brug. Alleen zijn hoge, schelle stem was anders. 'Ik mis jullie nu al,' piepte hij.

Met Randalf en Bart weer op Norberts schouders en Veronica op Randalfs hoed vervolgden ze hun weg. Achter Norbert draafde Hendrik.

Bart keek om zich heen en slaakte een diepe zucht toen Trollenbrug achter hen uit het zicht verdween. Aan zijn linkerhand strekte zich een weidse, kale vlakte uit. Rechts lag een drassig moeras.

Plotseling slaakte Veronica een hoge kreet. 'Daar! De Reuzenheuvels!' riep ze, met haar vleugel haar kraalogen afschermend tegen de zon.

'Dat is nog eens goed nieuws!' zei Randalf gapend. 'We zijn er voor we het weten.' Hij keerde zich naar Bart. 'En dan kun jij, Bart de Barbaar, als krijgsheld voor eens en voor altijd laten zien hoe dapper je bent.'

'Geweldig,' mompelde Bart. 'Ik kan niet wachten. Eerlijk gezegd...' Plotseling trok hij zijn neus op. 'Bleeeegghh!'

bracht hij kreunend uit. 'Wat is dát voor verschrikkelijke stank?'

'Het spijt me,' zei Norbert. 'Blijkbaar iets wat ik in Trollenbrug heb gegeten.'

'Nee, ik heb het niet over jou,' zei Bart. 'Die zoete, ziekelijke geur, wat is dat?' Het rook naar een krachtige mengeling van de aftershave van zijn vader, de etherische oliën van zijn moeder en het goedkope parfum van zijn zuster, vermengd met de geur van rotte bladeren. Bart kneep zijn neus dicht. 'Het is nog erger dan de Muffe Bulten!'

Veronica fladderde met haar vleugels voor haar snavel. Hendrik jankte ongelukkig en drukte zijn neus in het zand.

'Dat is het Geparfumeerde Moeras,' zei Randalf. 'Ík vind de geur erg aangenaam.'

'Natuurlijk! Net iets voor jou,' zei Veronica.

'Als ik dit ruik, moet ik denken aan mijn geliefde Morwenna,' vervolgde Randalf dromerig. 'Morwenna de Schone, werd ze genoemd...'

'Nou, achter haar rug noemden ze haar heel anders,' mompelde Veronica. 'Zeker nadat ze die baard had laten staan.'

'Dat was een ongelukje,' zei Randalf, die zich in de verdediging gedrongen voelde. 'Ik was aan het oefenen. Morwenna begreep het volkomen. Haar vader helaas niet.'

'Morwenna! Morwenna! Schone vrouwe met de gouden baard!' gniffelde Veronica.

'Veronica, hou je snavel!' riep Randalf woedend, met een vuurrood hoofd.

Naarmate ze verder trokken, kwamen ze steeds dichter bij het Geparfumeerde Moeras, tot de weg er vlak langs liep, met alleen een dunne strook van stenen ertussen. Bart keek uit over het moeras. Een uitgestrekte, platte vlakte, gehuld in roze nevelsluiers, met reusachtige leliebladeren en graspollen, drijvend op donkere poelen van glinsterende, paarse modder, ploppend en fluisterend door de geparfumeerde gassen die uit de diepte opborrelden.

'Hendrik, kom hier!' riep hij, en hij zwaaide met de riem toen de hond aan de kant van de weg bleef staan. Met zijn kop neer beneden en zijn staart omhoog begon hij gretig over de grond te snuffelen. 'Hendrik!' riep Bart. 'Hendrik, kom hier!'

Toen ontdekte Bart wat Hendriks aandacht had getrokken: een klein, roze schepseltje, een soort wrattenzwijn met flaporen en een krulstaart. Het stond roerloos op een graspol, omringd door leliebladeren en borrelende modder, en het staarde naar de hond, zonder met zijn ogen te knipperen.

'Hendrik!' riep Bart voor de vierde keer.

Luid keffend van opwinding stormde Hendrik plotseling naar voren, en hij landde met één grote sprong op de graspol.

'O nee! Hij denkt dat het een eekhoorn is!' Bart sprong van Norberts schouder en rende achter de hond aan.

'Kom terug!' schreeuwde Randalf. 'Ga nooit achter een roze stinkzwijn aan!'

'Waarom niet?' vroeg Norbert.

'Omdat de kans groot is dat je het vangt, sufferd!' zei Veronica.

'Hendrik!' riep Bart, terwijl hij probeerde de hond in te halen, springend van de ene naar de andere graspol. Hoe meer hij buiten adem raakte, des te moeilijker werd het om zijn evenwicht te bewaren. 'Hendrik, kom... Aaargh!'

Flats!

Bart viel met zijn gezicht voorover in de paarse modder. Vóór hem had Hendrik het roze stinkzwijn inmiddels bereikt, en hij nam een duik naar de krulstaart van het beestje. Met een hoge gil tilde het zwijn zijn achterwerk op en liet een verbijsterend harde wind. Het geluid – als van een klein kanon dat werd afgeschoten – schalde over het Geparfumeerde Moeras. En de lucht...

'Iemand heeft een roze stinkzwijn gevangen,' zei Randalf.

In het Geparfumeerde Moeras krabbelde Bart overeind. De lucht was zo vreselijk dat hij er tranen van in zijn ogen kreeg. Hendrik zag eruit alsof hij in shock verkeerde. Het roze stinkzwijn stond triomfantelijk op zijn graspol, met zijn staart omhoog. Achter hem verrees een kleine heuvel uit de paarse modder.

De heuvel had twee biggetjesroze ogen, die zonder te knipperen naar Hendrik en Bart keken. Verder had hij een biggetjesroze snuit, die rimpelde terwijl hij krachtig snoof en een woedend, diep varkensgeknor liet horen. Twee enorme slagtanden glinsterden in het roze licht van het Geparfumeerde Moeras.

'Hendrik,' zei Bart zacht. 'We moeten hier weg, Hendrik.'

De hond deinsde jankend achteruit.

Het reusachtige roze stinkzwijn klom op de graspol naast de roze stinkzwijnbig, draaide langzaam zijn enorme achterwerk naar Bart en Hendrik en stak het omhoog.

'Hendrik!' riep Bart. 'Rennen!'

Een geluid als van een reusachtig kanon dat werd afgevuurd, schalde over het Geparfumeerde Moeras. En de lucht...

'Iemand heeft de moeder van een roze stinkzwijn gevangen,' zei Randalf.

Op datzelfde moment schoot Hendrik te voorschijn uit de wervelende roze mist. Hij vloog het pad op, even later gevolgd door Bart.

'Allemaal opstijgen!' riep Norbert. Hij bukte zich en tilde hen op zijn schouders.

'Naar de Reuzenheuvels, Norbert!' riep Randalf. 'En denk erom, tot we daar zijn, alleen maar door je mond ademhalen!'

De zon ging al onder toen ze de Reuzenheuvels naderden. Randalfs gesnurk en het zachte bonzen van Norberts voetstappen waren de enige geluiden die de stilte verstoorden.

Tot er plotseling een ander geluid weerklonk – al even saai en eentonig.

'La, la, la...'

Het geluid zweefde langs de avondlijke hemel. Bart keek op en zag een schimmige, gebogen gedaante die met de kap van zijn mantel over zijn hoofd getrokken kwam aanlopen vanuit de richting van het Elfenwoud. Onder zijn arm hield hij een rol stof of tapijt.

Het eentonige gezang klonk steeds luider.

'La, la, la, la-la.'

Bart huiverde, de haren in zijn nek stonden overeind.

Toen de eenzame gedaante dichterbij kwam en zijn kap af-
zette, zag Bart tot zijn verrassing een bekend gezicht.

'Smoezel, ouwe jongen!' riep Randalf uit. 'Wat een on-
verwacht genoegen jou hier te zien.'

Smoezel keek op. 'Dalfie! Dus je bent ook op pad? En ik
zie dat je je krijgsheld bij je hebt, helemaal klaar voor de
strijd.'

'La, la, la...'

'Reken maar,' zei Randalf. 'We zijn op pad met een belangrijke opdracht van de Gehoornde Baron. Waar of niet,
Bart?'

Maar Bart gaf geen antwoord. Hij luisterde naar het zingen.

'La, la, la...'

Het geluid leek uit de rol stof te komen die Smoezel
onder zijn arm hield, dacht Bart met gefronste wenkbrauwen.

'Ja, we zijn op weg naar de Reuzenheuvels,' vertelde Randalf.

'Jullie liever dan ik.' Smoezel vertrok zijn gezicht.

'O, ik heb het volste vertrouwen in de uitrusting waar jij ons aan hebt geholpen. Die zal ons niet in de steek laten,' zei Randalf.

'Ach, alle waar is naar zijn geld,' zei Smoezel.

'Precies,' zei Randalf. 'Maar vergeef me mijn onbeleefdheid. Norbert, help me even met afstijgen.'

'O, je hoeft voor mij niet naar beneden te komen,' zei Smoezel. 'Ik ben toch al laat.'

'La, la, la. La, la, la.' Het eentonige gezang klonk luider dan ooit. Is er dan verder niemand die het hoort, vroeg Bart zich af.

'Je bent laat, zeg je?' Randalf klakte vol medeleven met zijn tong. 'Trouwens, wat doe je zo ver van Dwergenstede?'

'La, la, la.'

'Ik ben ook op pad voor een belangrijke opdracht van de Gehoornde Baron,' zei Smoezel. Hij tilde de rafelige, verschoten en nogal smerige baal muzikale stof op. 'O, ze hebben me van het kastje naar de muur gestuurd! Dat kan ik je wel vertellen,' zei hij nijdig. 'Ik heb echt overal gezocht.' Hij slaakte een diepe zucht. 'Het komt allemaal door de vrouw van de Gehoornde Baron...'

'Ingrid?' zei Randalf.

'Ik weet niet beter of de Gehoornde Baron heeft maar één vrouw,' zei Smoezel. 'Hoe dan ook, ze wil zingende gordijnen. Ik heb er nog nooit van gehoord, maar ze beweert bij hoog en bij laag dat ze die dingen in mijn catalogus heeft zien staan. En als Ingrid ergens haar zinnen op heeft gezet, nou, dan weet je het wel!'

Randalf knikte begrijpend.

'Dus ik heb alles afgejouwd,' vervolgde Smoezel. 'Ik ben echt overal geweest. Gelukkig heb ik mijn contacten,' voegde hij eraan toe, met een vette knipoog. 'En zo heb ik hier de hand op weten te leggen.' Hij hield de baal die hij onder zijn arm hield, omhoog. 'Betoverde stof. Heel zeldzaam, neem dat maar van me aan. En nu ben ik op weg naar Dwergenstede om er zingende gordijnen van te laten maken.'

'La, la, la...'

'Noem je dat zingen?' vroeg Veronica. 'Ik vind het meer een soort lamlendig gejammer.'

'Veronica, hou je snavel!' zei Randalf. 'Ik weet zeker dat Ingrid het prachtig vindt.'

'Ik hoop het,' mompelde Smoezel terwijl hij zich omdraaide en haastig zijn reis hervatte in de richting van Dwergenstede. 'Ik hoop het echt.'

Naarmate ze dichter bij de Reuzenheuvels kwamen, werd het landschap hoe langer hoe kaler en rotsachtiger. De toch al miezerige struiken maakten plaats voor graspollen, prikkerig onkruid en vetplanten met dikke bladeren die Norbert onweerstaanbaar scheen te vinden.

'Hmmm! Daar staat er nog een!' Hij bukte zich zonder te waarschuwen, brak een blad af en stopte het in zijn mond. Van zijn schouders klonken verschrikte, ontstelde kreten, terwijl Randalf zich wanhopig vastklampte, Veronica opvloog en Bart uit alle macht probeerde te voorkomen dat Hendrik van zijn schoot gleed. 'Ve-wuk-kelijk!' mompelde hij smakkend.

'Norbert, wil je daarmee óphouden?' zei Randalf streng.

'We waren bijna állemaal van je schouders gevallen!'

'Het spijt me, heer,' zei Norbert. 'Maar ik... eh... ik heb al in geen eeuwigheid meer zompkruid gegeten. En ik was vergeten hoe lekker ik het vind.'

'Dat zal best, maar volgens mij heb je voorlopig genoeg gehad,' zei Randalf. 'Ik ken je. Als je iets ziet wat je lekker vindt, weet je niet van ophouden. Maak geen roze stinkzwijn van jezelf.'

'Nee, heer,' zei Norbert. 'Het spijt me, heer.'

'Vooruit, Norbert. Dóórlopen,' zei Randalf. 'Heel goed. Zo ben je weer een beste, brave kerel.'

En voort ging het. Naar de glooiende Reuzenheuvels in de verte.

'Die reus moet hier ergens zijn. Dus hou je ogen open en kijk of je schapen ziet waarin is geknepen,' zei Randalf.

Bart keek speurend om zich heen. 'Hoe ziet een geknepen schaap er eigenlijk uit?' vroeg hij zich hardop af.

'Precies zoals je je dat zou voorstellen,' zei Veronica.

'Hm,' zei Bart. 'Nou, ik zie helemáál geen schapen, niet geknepen en ook geen ongeknepen. Sterker nog, ik zie bijna niks. Alleen rotsen.'

'Blijf kijken,' zei Randalf. 'Jij ook, Veronica.'

'Als je erop staat,' zei Veronica. 'Het is hier wel verschrikkelijk! Zo droog en stoffig en verlaten. Waarom iemand híér zou willen wonen, is me een raadsel.'

'Ik woonde hier,' zei Norbert met een weemoedige glimlach. 'En ik vind het wel knus.'

'Natuurlijk!' zei Veronica. 'Als je een rotsblok als kussen en een zandkuil als bed knus vindt, dan is het hier reuze gezellig.'

'Een zandkuil als bed?' herhaalde Norbert. 'Dat is wel erg

veel gevraagd. Mijn twintig broers en ik moesten op kiezelstenen slapen. En we zouden alles hebben gedaan voor een rotsblok als kussen. Doornkruid, dat was het enige wat we hadden. En als we midden in de nacht moesten plassen, dan moesten we...'

'Ja, ja, nou weten we het wel,' zei Randalf. 'Zo is het genoeg, Norbert. Kijk nou maar om je heen, of je een schaap ziet.'

'Daar is er een!' riep Bart opgewonden, en hij wees in de verte. 'Kijk, daar!'

'Weet je zeker dat het geen rotsblok is?' vroeg Randalf.

'Het beweegt,' zei Bart.

'Nou je het zegt,' zei Randalf. 'Vooruit, Norbert. Eropaf!'

Toen ze dichterbij kwamen, was het duidelijk dat het inderdaad een schaap was, en bovendien een erg ongelukkig schaap. Het liep verdwaasd in kringetjes rond, met een verbijsterde blik in zijn ogen. De wol aan de voor- en de achterkant van zijn lijf stond recht overeind, maar was in het midden platgedrukt, zodat het schaap eruitzag als een wandelende, met wol beklede halter. Toen het de reus ontdekte die met dreunende tred zijn kant uit kwam, slaakte

het schaap een merkwaardig, piepend geblaat, het draaide zich op zijn hielen om en verdween in een wolk van stof.

'Er is in dat schaap geknepen! Dat is wel duidelijk!' riep Randalf. 'Vooruit! Erachteraan!'

Norbert deed zijn best, maar het doodsbange schaap was hun ontglipt. Het duurde echter niet lang voordat Veronica nog twee schapen ontdekte.

'Kijk, daar!' Ze fladderde met haar vleugel in de richting van het stel ineengedoken, bevende schapen, met een verwilderde blik in hun ogen en hun wol in het haltermodel. 'Vers geknepen schapen!'

'Goed werk, Veronica,' zei Randalf. 'Als we hun spoor volgen, komen we vanzelf bij de boosdoener – niemand minder dan Engelbert de Enorme, wil ik wedden!'

Bart slikte krampachtig. 'Ik ben een beetje zenuwachtig,' bekende hij zacht.

'Bart, Bart, Bart,' zei Randalf, alsof hij het tegen een heel klein kind had. 'We zijn toch niet zenuwachtig? We weten toch drommels goed dat we onze Drietand-van-List-en-Bedrog hebben? O, die angstaanjagende drietand! En we hebben onze Helm-van-Hoon-en-Spot. Die akelige, gruwelijke helm. Het enige wat we hoeven te doen, is Engelbert laten zien wie hier de baas is. Wie is er de baas, Bart? Vertel op! Wie is de baas?'

'Ik ben de baas,' zei Bart onzeker. 'Ik ben de baas.'

Norbert liep dreunend verder, het spoor van de schapen volgend. Omhoog en omlaag door het golvende, rotsachtige landschap, steeds dieper en dieper de Reuzenheuvels in. Af en toe kwamen ze langs de openingen van grotten, waaruit de slaperige geluiden kwamen van reuzen die een dutje deden.

'Mammie, mammie,' bromden sommigen.

'Mijn knuffeltje,' mompelden anderen met hun diepe, barse stemmen.

En overal klonk het slurpende geluid van duimzuigen en het machtige gebulder van snurken.

'D-denk je dat we in de buurt komen?' vroeg Bart met trillende stem.

Randalf knikte. 'Te oordelen naar die onzalige chaos daar,' zei hij. 'Dat is de plek waar onze schapen werden geknepen. Stil iedereen!'

De wind ging abrupt liggen, en het werd plotseling merkwaardig stil. Norbert zette Randalf en Bart op de grond, en Bart deed Hendrik aan de riem. Veronica ging op Randalfs hoed zitten, met haar veren opgezet. Allemaal luisterden ze aandachtig.

'Wat is het stil,' zei de parkiet op gedempte toon. 'Veel te stil. Het bevalt me helemaal niet.'

'Veronica, hou je snavel,' fluisterde Randalf, die precies hetzelfde dacht.

'Waar luisteren we eigenlijk naar?' fluisterde Bart.

Op dat moment schalde er van de andere kant van de heuvels een gekweld geblaat, en een schaap – met uitpuilende ogen en een duidelijk samengeknepen vacht – verscheen boven een van de toppen en schoot weg over de rotsachtige grond.

'Wat in 's hemels...' begon Randalf.

'NEE!' bulderde een luide en boze stem. 'HET IS NIET HETZELFDE! HET IS ANDERS. HET IS HEEL ANDERS!'

Bart staarde vol afschuw in de richting vanwaaruit de stem had geklonken. De boze uitroep werd gevolgd door gedreun en gerommel en een reeks luide bonzen. Boven de top van de heuvel steeg een dikke rookwolk omhoog.

'O, WAAR KAN HET TOCH ZIJN?' bulderde de zware stem op gebiedende toon. 'WAAR, O, WAAR IS HET GEBLEVEN?'

'D-Denk je d-dat het Engelbert is?' fluisterde Bart.

'Dat denk ik, of ik moet me wel heel erg vergissen,' fluisterde Randalf terug.

'Hij klínkt enorm.'

'O, hij is vast en zeker niet zó enorm,' zei Randalf geruststellend. 'Kom op, Bart de Barbaar. Hef je Drietand-van-List-en-Bedrog, zet je Helm-van-Hoon-en-Spot stevig op je hoofd en laat je Laarzen-van-Lef je naar de overwinning leiden.'

'IEMAND HEEFT HET GESTOLEN, DAT KAN NIET ANDERS!' tierde de stem. 'EN ALS IK DE DIEF VIND, DAN ZAL IK... DAN ZAL IK...'

'De tijd is gekomen, Bart de Barbaar!' Randalf gaf Bart een duwtje. 'Vooruit! Eropaf! Je kunt het!'

Met de drietand in zijn ene hand en de hondenriem in de andere, liep Bart met knikkende knieën naar voren. Naast hem maakte Hendrik zich zo klein mogelijk.

Plotseling verscheen er een waarlijk reusachtig reuzenhoofd – meer dan twee keer zo groot als dat van Norbert – boven een van de toppen. Bart verstijfde. Het hoofd werd al snel gevolgd door kolossale schouders, een borstkas als een biervat, een enorme buik, benen als boomstammen en voeten als boten, tot de hele reus in al zijn monsterlijke grootheid voor hem stond. Bart kon geen vin verroeren.

Onder het slaken van een woedend gebrul stormde de reus naar voren. Terwijl hij de helling afdaalde, raapte hij links en rechts enorme rotsblokken op, hij keek eronder en smeet ze weer weg.

'WAAR BEN JE?' bulderde hij. Zijn gezicht zag paars en was vertrokken van woede. Zijn bloeddoorlopen ogen puilden uit hun kassen. 'WAAR BÉN JE?' Het kwijl dat van zijn reusachtige, malende tanden droop, glinsterde in het avondlicht. Toen vielen zijn drie ogen op Bart, en de reus bleef staan voor wat de krijgsheld-tegen-wil-en-dank een eeuwigheid leek te duren.

'O, hemel,' bracht Randalf hijgend uit. 'Hij lijkt nogal van streek, hè?'

'Ik hoop dat Bart zich weet te redden,' zei Norbert ongerust.

Bart hief dapper zijn drietand. Het is allemaal een kwestie van psychologie, hield hij zichzelf voor, en hij ontmoette de angstaanjagende blik van de reus. 'Ik... ik ben een krijgsheld, uit een ver land!' zei hij. 'Bart de Barbaar! En... eh... als je niet ophoudt met die onzin, zal ik je een pak op je billen moeten geven!'

De reus knipperde met zijn ogen.

Bart keerde zich naar de anderen. 'Zal ik de Helm-van-Hoon-en-Spot gebruiken?' fluisterde hij, terwijl hij het ding wat steviger op zijn hoofd drukte. Hij richtte zich weer tot de reus. 'Trouwens, er is zeker niemand die je ooit heeft verteld dat je gezicht op het achterwerk van een roze stinkzwijn lijkt...'

De reus gooide zijn hoofd naar achteren, en de Reuzenheuvels sidderden onder zijn machtige gebulder.

'Wat nu?' piepte Bart.

'Nu kunnen we nog maar één ding doen!' zei Randalf. 'RENNEN!'

Tijdens hun wanhopige vlucht bonsde hun hart in hun keel, opwaaiend stof bedekte hun haar, en de stilte werd wreed verscheurd door hun kreten van paniek. Randalf rende blindelings voort, tot hij niet meer kón. Toen bleef hij abrupt staan, hij klapte dubbel en hapte naar lucht.

'Dat was op het nippertje,' zei Veronica, terwijl ze sierlijk op het achterwerk van de tovenaar neerstreek.

'Je haalt me de woorden uit de mond,' zei Norbert, die zich met dreunende tred bij hen voegde.

'Nee toch? Ik ben vies van je.'

'Veronica, hou je snavel!' wist Randalf hijgend en onge- duldig uit te brengen. Toen richtte hij zich hoofdschud- dend op. 'Hoogst ongebruikelijk,' zei hij. 'Ik heb nooit eer- der een reus ontmoet die zo boos werd. Hij had doodsbang moeten zijn van onze krijgsheld hier...'

'Waar?' vroeg Veronica.

'Hier,' zei Randalf. 'Bart... O nee! Waar is hij nou?'

'Bart?' riep Norbert. 'Bart, waar ben je? Bart! Bart!'

'Je moest je schamen, Randalf!' zei Veronica nijdig. 'Bij de eerste de beste tegenvaller neem je de benen, en laat je hem aan zijn lot over.'

'Maar hij stond vlak bij me!' Randalf liet zijn blik in het rond gaan. 'En ik heb duidelijk opdracht gegeven om te vluchten. Dan kan ik er toch niks aan doen dat hij me niet heeft gehoord? Blijkbaar was de Helm-van-Hoon-en-Spot over zijn oren gezakt...'

'Hij is weg!' jammerde Norbert. 'En Hendrik ook!'

'Het zal ook eens niet zo zijn!' zei Veronica. 'Met Theodorus ging het net zo.'

'We moeten terug!' bracht Norbert snikkend uit.

'Kom, kom, niet zo haastig,' zei Randalf zenuwachtig. 'Je hebt gezien in wat voor stemming de reus verkeerde. Misschien moeten we wachten tot de ergste woede een beetje is gezakt. Dan kunnen we over een week of zo...'

'Jíj hebt die jongen naar de Reuzenheuvels gebracht,' viel Veronica hem verwijtend in de rede. 'Je kunt hem nu niet in de steek laten. Dan zou je jezelf nooit meer durven aankijken in de spiegel.'

Randalf bestudeerde aandachtig zijn nagels. 'Natuurlijk, je hebt gelijk, Veronica. Ik voel me ellendig. Begrijp me niet verkeerd. We voelen ons allemáál ellendig. Maar we moeten wel nuchter blijven...'

'Arme Bart! Arme Hendrik!' jammerde Norbert. 'En die arme, lieve Theodorus. Boe-hoe-hoe!'

'"Je moet een beetje vertrouwen in me hebben. Ik kan het weten, want ik ben tovenaar." Dat heb je tegen hem gezegd,' vervolgde Veronica. 'En hij hééft je vertrouwd. Bart de Barbaar vertrouwde je. En wat doe jij? Nou? Je laat hem in de steek!' Ze klapperde verwijtend met haar snavel. 'Echt! Je moest je schamen! Als we nu niet meteen teruggaan, ga ik bij je weg!'

'Alstublieft, heer! Alstublieft!' Norbert begon nog luider

te snikken. 'Laten we teruggaan om te zien hoe het met hem is. Misschien kunnen we hem...'

Randalf zuchtte. 'Akkoord, akkoord,' zei hij. 'Jullie je zin! Ik ben gewoon te teerhartig, dat is mijn probleem! Dus ook al doe ik mezelf tekort, vooruit dan maar! We gaan terug! Nu meteen. Des te eerder hebben we het achter de rug. Kom mee!' Hij draaide zich om en trok zijn mantel dichter om zich heen. 'Maar blijf wel bij me in de buurt.'

Dicht bij elkaar – om zich nog een béétje veilig te voelen – liepen Randalf en Norbert de weg terug die ze waren gekomen, op hun tenen, terwijl Veronica vanaf het puntje van Randalfs hoed waakzaam haar blik in het rond liet gaan.

'Volgens mij komen we in de buurt,' verkondigde ze na een tijdje, en ze flapperde met haar vleugel voor zich uit. 'Kijk eens naar die reusachtige voetafdrukken! En kijk eens hoe de grond is omgewoeld!'

Randalf knikte. Norbert begon te jammeren.

'Sst!' beet Randalf hem toe, met een vinger op zijn lippen. 'We zouden niet willen dat...'

'O NEE!' jammerde Norbert, en hij wees naar een verbogen stuk metaal met drie tanden. 'KIJK!'

Het was de Drietand-van-List-en-Bedrog, helemaal verwrongen, afgedankt in het zand. Randalf raapte hem op en huiverde.

'En daar!' riep Veronica. Ze vloog op en streek neer op een verlaten Laars-van-Lef.

Norbert huilde van verdriet. 'O, Bart,' bracht hij snotterend uit. Hij pakte de eenzame rubberlaars en drukte hem wanhopig tegen zich aan. 'Blijkbaar is hij die verloren,' zei hij snikkend. 'Toen hij... toen hij... toen...' Hij richtte zich

op en
liet zijn blik
langs de horizon
gaan, op zoek naar een
teken van zijn laatste krijgsheld-
vriend. Behalve een stel enorme voetafdrukken die over de kam van de heuvel
verdwenen, was er niets te zien. 'Bart!' riep hij uit alle
macht. 'Bart!'

Het wanhopige geroep weergalmde over de kale heuvels en stierf weg zonder dat er antwoord kwam.

'Bart!'

Veronica fladderde op en streek neer op zijn schouder. 'Ik denk niet dat Bart je kan horen,' zei ze zacht.

'Je kunt nooit weten,' zei Norbert smekend, alsof hij door pure wilskracht iets kon afdwingen. 'Als er iets is wat ik van mijn oudoom Onno de Ongelukkige heb geleerd, dan is het dat je nooit de hoop moet opgeven. "Heus, uiteindelijk komt alles goed," zei hij altijd. En dat zei hij ook nog net voordat de draak hem opat. "Uiteindelijk komt alles goed..."'

'Ik ben bang dat dít niet meer goed komt,' zei Randalf zacht. Hij hield een geplette, dof zilveren schijf omhoog.

'W-wat is dat?' vroeg Norbert bevend.

Randalf liet hem het verbogen, zwarte handvat zien dat uit de schijf stak. 'De Helm-van-Hoon-en-Spot,' zei hij.

114

'Nee!' bracht Norbert hijgend uit. 'Het kan niet waar zijn... U bedoelt toch niet...'

'Zoals Smoezel terecht zei, "alle waar is naar zijn geld",' mompelde Veronica verbitterd tegen Randalf, en ze knarste afkeurend met haar snavel. 'Krent!'

'Maar het kán niet dat dit de helm van Bart is.' Norbert voelde aan het platte stuk metaal. 'Zeg alstublieft dat dit niet Barts helm is.'

'Ik ben bang van wel.' Randalf schudde zijn hoofd. 'Volledig geplet. Verpulverd. Fijngestampt. Platter dan een gebarsten plofkikker. Je zou zelfs kunnen zeggen...'

'Hou op!' riep Norbert huilend uit, en hij drukte zijn handen tegen zijn oren. 'Hou op! Hou op! Hou op!'

'Stil maar.' Randalf klopte Norbert op zijn arm. 'Het is in orde, Norbert.'

'Maar het is níét in orde, heer!' tierde Norbert. 'Het is helemáál niet in orde. Eerst Theodorus. En nu Bart!' Hij haalde een smoezelige zakdoek te voorschijn en snoot luidruchtig zijn neus. 'Ik kan er niet meer tegen!'

Veronica keerde zich woedend naar Randalf. 'Het is allemaal jouw schuld!' kwetterde ze. 'Ik heb van meet af aan geweten dat Bart het niet kon! Krijgsheld, het mocht wat!'

'Maar hij wás een krijgsheld!' protesteerde Randalf. 'Ik heb hem zelf opge...'

'Je hebt Theodorus ook hierheen gehaald!' zei Veronica. 'En kijk eens hoe het met hem is afgelopen!'

'Boe-hoe-hoe!' jammerde Norbert.

'Norbert, doe eens rustig,' zei Randalf. 'We kunnen weer een nieuwe krijgsheld oproepen. Een die zelfs nog beter is...'

'Boe-hoe-hoe!'

'Drie keer is scheepsrecht, hè?' zei Veronica. 'Allemachtig, Randalf, heb je geen gevoel? Waarom neem je die verbogen vork en die vermorzelde steelpan niet mee?' stelde ze honend voor. 'Misschien krijg je je geld terug.'

'Hm, dat is een idee,' zei Randalf peinzend.

'BOE-HOE-HOE!'

'Een heel slécht idee,' voegde Randalf er haastig aan toe. 'Ik zou er natuurlijk niet over piekeren om...'

'Nee, natuurlijk niet,' zei Veronica. 'Smoezel zou wel gek zijn!'

'Veronica!' zei Randalf streng. 'Ik ben geschokt! Let maar niet op haar, Norbert.'

'Hoe moet het nu verder, heer?' vroeg Norbert huilend.

'Tja. Hier kunnen we niet blijven,' zei Randalf. 'En ik heb ook geen zin om terug te gaan naar de Gehoornde Baron. Als we hem vertellen dat die schurk van een reus nog steeds vrij rondloopt... en dat we onze krijgsheld onderweg zijn kwijtgeraakt...' vervolgde hij terwijl Norbert in zijn zakdoek snotterde. 'Daar zal de Baron bepaald niet gelukkig mee zijn.'

'Ik ben niet gelukkig,' zei de Gehoornde Baron terwijl hij door de grote ontvangstzaal van het kasteel liep te ijsberen. 'Ik ben helemáál niet gelukkig!' Hij was hard op weg om zichzelf behoorlijk van streek te maken.

Om te beginnen had Ingrid hem de hele dag aan zijn kop gezeurd over de felbegeerde zingende gordijnen – en de Baron had niets meer van Smoezel gehoord sinds hij de dwerg een buidel met zilveren kneuzen had gegeven. En wat nog erger was, het kasteel werd geteisterd door een onafge-broken stroom dwergen, elfen en trollen, die allemaal kwa-men klagen dat hun oogsten waren geplet, dat het riet van hun daken was gerukt, dat er in hun schapen was geknepen, en wat dacht hij, als Gehoornde Baron van Modderland, daaraan te doen? Dat was de vraag op ieders lippen.

'Ik heb de toestand volledig onder controle,' luidde stee-vast zijn antwoord. 'Op ditzelfde moment zijn een be-roemde tovenaar en een krijgsheld met een jarenlange er-varing op weg om af te rekenen met die schurk van een reus.' Maar zelfs in zijn eigen oren klonk het weinig over-tuigend.

De Gehoornde Baron bromde. 'Randalf de Wíjze, het mocht wat! Ik heb onderbroeken gehad met meer ver-stand!'

Hij keek naar de klok, voor de tiende keer in evenveel minuten, en liep naar het raam.

'Al dat wachten, het is om gek van te worden!' zei hij kreunend terwijl hij naar buiten staarde. 'Dat is het pro-bleem als je zo machtig en belangrijk bent. Je brengt de helft van je leven door met wachten terwijl anderen je be-velen opvolgen.'

'WAL-TER!'

Ingrids schelle stem sneed als een roestig mes door de stilte, deed in het hele kasteel stof opwaaien en maakte dat de Gehoornde Baron ongeduldig zijn kaken op elkaar klemde. Met zijn ogen dicht telde hij langzaam tot tien. Hij had even helemaal niet meer aan zijn vrouw gedacht, en dat was erg onverstandig, wist hij uit ervaring.

'*WALTER!*' krijste ze. De bengels van de kristallen kroon-luchter rinkelden zacht. 'Hoor je me?'

'Negen... tien.' De Gehoornde Baron deed zijn ogen open. 'Luid en duidelijk, mijn kleine knuffelsoes!' riep hij terug.

'Hou op met je ge-knuffelsoes!' tierde Ingrid. 'Waar zijn mijn zingende gordijnen? Dat is het enige wat ik van je wil horen. Waar zíjn ze, Walter?'

'Alles is onder controle,' antwoordde de Gehoornde Baron. 'Ik verwacht ze elk moment.'

'Dat zei je een uur geleden ook!' riep Ingrid nijdig terug. 'Maar telkens als er op de deur wordt geklopt, is het weer iemand die komt klagen over een stel ellendige schapen!'

'Ze kunnen er nu echt elk moment zijn,' verzekerde de Gehoornde Baron haar.

'Waag het niet om tegen me te liegen, Walter,' zei Ingrid. Haar stem werd steeds zachter en daardoor alleen maar dreigender. 'Je weet toch nog wel wat er de vorige keer is gebeurd toen ik je op een leugen heb betrapt?'

'Ja, dat weet ik nog maar al te goed,' riep de Gehoornde Baron terug. Hij streek liefkozend zijn verwarde snor glad. De groene verf was er bijna uitgegroeid.

'Volgende keer gebruik ik de hele fles!' krijste Ingrid.

De Gehoornde Baron vertrok zijn gezicht van pijn en staarde ongelukkig door het raam, naar de weg die er verlaten bij lag. 'Smoezel, waar ben je?' mompelde hij. 'Laat me niet in de steek...'

'En een staalborstel!' voegde Ingrid eraan toe.

Er kwam een harde, ijzige blik in de ogen van de Gehoornde Baron. 'Ik waarschuw je, Smoezel! Als je me in de steek laat, dan weet ik nog wel een mooi plekje voor je. Naast Randalf in een van de kerkers van het kasteel.'

'Walter!'

'De kleinste kerker, zonder raam.'

'Walter!'

'Met als gezelschap twintig stinkzwijnen die ik hoogstpersoonlijk zal uitkiezen...'

'WALTER!' krijste Ingrid. 'Er is iemand aan de deur. Moet ik dan álles zelf doen?'

'En regelmatig een bezoekje van de Barones,' mompelde de Gehoornde Baron terwijl hij naar de deur draafde. 'Ik ben al onderweg, snoepje.'

'Geweldig!' riep Ingrid honend. 'En ik hoop voor jou dat het eindelijk die zingende gordijnen zijn. Want ik ben er onderhand doodziek van, al die verhalen over geknepen schapen. Probeer maar niet om me te kalmeren, Walter. Ik wil lieflijk worden gesust...'

'En dat word je ook, mijn honingzoete suikerpruim,' riep de Gehoornde Baron terug.

Hij deed de deur open. Op de bovenste tree van het bordes stond een klein, schriel wezen met gestreepte kousen en een grote tas over zijn schouder. Op zijn pet prijkte een veer. 'Ik ben de groetelf!' stelde hij zich voor. 'Ik kom u de groeten overbrengen van Meester Smoezel uit Dwergenstede.'

'Hoort er ook een pakje bij die groeten?' vroeg de Gehoornde Baron hoopvol.

'Nee, ik heb alleen een boodschap,' zei de elf spijtig, terwijl hij hoofdschuddend een buiging maakte.

De Gehoornde Baron rolde met zijn ogen. 'En wat is de boodschap?' vroeg hij.

De elf haalde diep adem en schraapte zijn keel. 'Nadat hij naar alle windrichtingen van Modderland is gereisd, heeft Smoezel van Dwergenstede de hand weten te leggen op een lap betoverde stof, waarvan op ditzelfde moment zingende gordijnen worden gemaakt, zoals niemand ze ooit heeft gezien of gehoord.'

'Nou, dat is een hele opluchting,' mompelde de Gehoornde Baron.

'Maar...' vervolgde de elf.

De Gehoornde Baron hief zijn hand op. 'Máár?' herhaalde hij. 'Dat klinkt helemaal niet goed. Ik geloof niet dat ik het wil horen.'

'Ik zou de "beste wensen" kunnen schrappen, als u dat wilt,' zei de elf.

'Zegt de boodschap niet wanneer de gordijnen klaar zijn?' vroeg de Gehoornde Baron.

'Dat staat in het stuk na "Maar",' zei de elf.

De Gehoornde Baron klakte afkeurend met zijn tong. Boven zijn hoofd kon hij Ingrid met stijgend ongeduld driftig heen en weer horen lopen. 'Toe dan maar,' zei hij met een zucht. 'Geef me de rest van de boodschap.'

'Maar...' begon de elf weer, 'door onvoorziene omstandigheden gaat het maken van de gordijnen wat langer duren dan verwacht. Ze worden waarschijnlijk morgen bezorgd, op z'n allerlaatst rond theetijd...'

'Morgen rond theetijd!' bracht de Gehoornde Baron hijgend uit. 'Waarschíjnlijk!'

'Smoezels Koopjesparadijs wil graag van de gelegenheid gebruik maken om zich te verontschuldigen voor mogelijke overlast die hierdoor ontstaat...'

De Gehoornde Baron snoof. 'Je hebt geen idéé!' mompelde hij. 'Ik weet niet hoe ik dit aan mijn vrouw moet uitleggen.' Hij schudde zijn hoofd. 'Dus dat was het?' vroeg hij aan de groetelf.

Deze knikte. 'Zo ongeveer.'

Hij hield zijn hand op. 'Dat is dan drie koperen slijkers.'

'Wat?' zei de Gehoornde Baron. 'Je wilt me toch niet vertellen dat Smoezel een groetelf stuurt, zonder voor de postzegel te betalen?'

'O, natuurlijk!' zei de elf. 'Dat ben ik nog vergeten. Er is een PS: het spijt me van de postzegel. Maar die trek ik wel van de uiteindelijke rekening af wanneer we de boel rondmaken.'

'De uiteindelijke rekening!' tierde de Gehoornde Baron. 'Wanneer we de boel rondmaken! Ik zal 'm leren! Een kerker, twintig roze stinkzwijnen en een waardeloze tovenaar! Dat kan hij van me krijgen!'

'Is dat de boodschap die u als antwoord wenst te sturen?' vroeg de groetelf.

'Ja, ik...' De Gehoornde Baron fronste zijn wenkbrauwen en streek over zijn kin. 'Hoewel, néé,' zei hij toen.

'Nee?'

'Nee,' bevestigde de Gehoornde Baron. 'Bedank Smoezel maar voor zijn boodschap en zeg dat ik uitzie naar zijn komst...'

'WALTER!'

'Zijn spóédige komst,' verbeterde de Baron zichzelf.

'Akkoord,' zei de groetelf. 'Hoewel ik persoonlijk de boodschap met de stinkzwijnen leuker vond.' Hij hield voor de tweede keer zijn hand op.

De Gehoornde Baron slaakte een zucht en liet er drie slijkers in

121

vallen, waarop de groetelf een postzegel uit zijn zak haalde, eraan likte en deze op zijn voorhoofd plakte. Toen draaide hij zich om, daalde de treden af en was verdwenen. Even, heel even maar, stelde de Gehoornde Baron zich voor dat híj de groetelf was en dat hij onbekommerd de wereld in trok, weg van het kasteel.

'WAL-TER!!!'

De onbekommerde dagdroom spatte als een zeepbel uit elkaar. De Gehoornde Baron sloot de deur. 'Ja, snoepje?' riep hij naar boven.

'Waren dat mijn gordijnen?' klonk de strenge stem van zijn vrouw.

'Niet als zodanig,' bekende de Gehoornde Baron.

'Wat moet dát nou weer betekenen?' vroeg Ingrid gebiedend.

'Het was níéuws over je gordijnen, snoepje,' legde de Baron uit. 'Er is sprake van een klein oponthoud...'

'Oponthoud, Walter?' zei Ingrid. 'Ik hou niet van op-ont-houd. Dat weet je. Daar hou ik helemáál niet van.'

'Dat weet ik, mijn tortelduifje,' zei de Gehoornde Baron sussend. 'Er hebben zich onvoorziene omstandigheden voorgedaan. Je weet hoe het gaat! Smoezel heeft me beloofd dat hij de gordijnen morgen komt bezorgen,' voegde hij eraan toe.

'Mórgen!' krijste Ingrid. 'En wat moet ik dan vanavond? Ik doe geen oog dicht. Dat weet ik zeker! En je weet hoe ik kan zijn als ik oververmoeid raak.'

'Ja, dat weet ik maar al te goed,' zei de Gehoornde Baron berustend.

'Prikkelbaar, Walter. Dan ben ik heel erg prikkelbaar. Zo prikkelbaar dat je me niet herkent!'

'O, dat denk ik wel,' mompelde hij op gedempte toon. 'Heus, Ingrid,' riep hij naar boven. 'Dit soort dingen kun je nu eenmaal niet overhaasten. We hebben het tenslotte over zingende gordijnen, Ingrid! Gemaakt van de beste betoverde stof, met kwastjes en lovertjes, en bovendien met de hand gemaakt door een meester-naaielf. Als ze komen, zul je zien dat ze het wachten dubbel en dwars waard zijn geweest. Dat beloof ik je...'

'Als ze komen,' tierde Ingrid, en het hele kasteel schudde op zijn grondvesten toen ze de deur van haar slaapkamer uit alle macht dichtsmeet. Boven klonk een luid gebons, vergezeld van een gesmoord gesnik: het was Ingrid die zich naar hartelust overgaf aan haar verdriet.

De Gehoornde Baron schudde zijn hoofd. 'Dit is allemaal jouw schuld, Smoezel,' zei hij. 'Waarom zet je zo'n snertadvertentie voor een stel snertgordijnen die kunnen zingen, in die snertcatalogus van je, als je die snertgordijnen helemaal niet op voorraad hebt en heel Modderland moet afzoeken om ze te vinden? Dat is wel een heel vreemde manier om zaken te doen!' Hij vernauwde zijn ogen tot spleetjes. 'Met dat gepruts van je heb je mijn dierbare Ingrid van streek gemaakt! En als Ingrid van streek is, dan ben ik het ook! En als ik van streek ben...'

'Wat zal de Gehoornde Baron tevreden over me zijn!' zei Smoezel.

'Dat heb je al gezegd,' mompelde de dwerg terwijl hij nieuw draad op zijn naaielf zette. 'Al twee keer.'

'Maar het is ook zo!' zei Smoezel. 'Ik kan niet wachten om zijn gezicht te zien...'

'La, la, la,' zong de stof.

De dwerg pakte een grote, glimmende schaar, spreidde de stof uit op de werktafel en begon te knippen.

'La, la... Au! Au! Au!'

'Wil je daar wel eens mee ophouden?' tierde de dwerg, en hij smeet de schaar op de tafel. Toen keerde hij zich naar Smoezel. 'Zie je nou dat het niet meevalt? Elke keer dat ik de stof doormidden probeer te knippen, maakt hij stampei. Dat is érg ontmoedigend, kan ik je vertellen. Weet je wel zeker dat je gordijnen wilt? Ik zou er ook een heel aardig rolgordijn van kunnen maken.'

Smoezel schudde zijn hoofd. 'Blijkbaar staat er in de catalogus heel duidelijk "zingende gordijnen",' zei hij. 'En dat is waar de Gehoornde Barones haar zinnen op heeft gezet.'

De dwerg pakte de schaar weer op. 'Ik snap niet waarom je adverteert met iets wat je niet eens op voorraad hebt!' bromde hij.

'Dat vind ik ook zo vreemd,' zei Smoezel. 'Ik kan me niet herinneren dat ik ze in de catalogus heb gezet.'

'Nou, iemand moet het toch hebben gedaan,' zei de dwerg.

'Ja, ik weet het.' Smoezel fronste zijn wenkbrauwen. 'Maar ik begrijp het niet.' Hij keek op. 'Nou ja, ik heb de stof, en dat is het voornaamste. Zodra je er gordijnen van hebt gemaakt, ga ik naar het kasteel van de Gehoornde Baron. Dus als je het niet erg vindt...'

'Jij hebt makkelijk praten,' zei de dwerg. 'Jij hoeft niet te werken met stof die weigert zich koest te houden.' Hij voelde aan de rafelige stof, en prompt klonk er een hoge gil. 'Ik krijg er de zenuwen van,' zei de dwerg.

'Hier!' Smoezel haalde een een paar grote oorwarmers van bont uit zijn zak. 'Probeer het eens hiermee.'

De dwerg keek er verbouwereerd naar. 'Wat moet ik daarmee?'

'Het zijn oorwarmers, sufferd!' zei Smoezel geërgerd. 'Dus je doet ze op je oren.'

De dwerg deed wat hem werd gezegd, streek de stof glad en stak zijn duimen omhoog. Hij had niets gehoord.

'Mooi zo,' zei Smoezel. 'Ga nu maar snel door met die gordijnen.'

De dwerg keek hem wezenloos aan.

'Ga door met die gordijnen!' schreeuwde Smoezel.

De dwerg fronste zijn wenkbrauwen. Wat? zei hij geluidloos.

Geërgerd tilde Smoezel een van de oorwarmers op. Toen boog hij zich naar voren. 'GA DOOR MET DIE GORDIJNEN!' bulderde hij in het oor van de dwerg.

'Goed, goed.' De dwerg schoof de oorwarmer weer op zijn plaats. 'Ik ben niet doof!'

'Blijf daar maar eens kalm en rustig bij,' verzuchtte Smoezel.

De dwerg ging op zijn kruk zitten, pakte opnieuw zijn schaar en ondanks het gezang en gejammer en het voortdurende *Au!*-geroep, lukte het hem eindelijk de stof in tweeën te knippen, waarna hij de naaielf er in volle vaart overheen liet gaan.

'Heel aardig,' zei Smoezel toen hij de gordijnen eindelijk omhoogield. 'Erg knus. Gordijnen die echt kunnen zingen.'

'La, la, la. La, la, la,' zongen de gordijnen in duet, maar het klonk erg vals.

'Noem je dat zingen?' zei de dwerg. 'Het klinkt meer...'

'Begin jíj nu niet ook!' zei Smoezel nijdig. 'De Gehoornde Barones heeft geen muzikaal gehoor. Ze vindt ze geweldig, dat weet ik zeker. En dat is het enige wat ertoe doet.' Hij fronste zijn wenkbrauwen. 'Randalf de Wíjze!' zei hij toen. 'Wijs, het mocht wat! Hij was op weg naar de Reuzenheuvels. En dat is helemáál niet wijs als je het mij vraagt!'

'Nou, dat was gauw bekeken! We kwamen, we zagen en weg waren we weer!' zei Veronica vanaf Randalfs hoed, terwijl Norbert hen de berghelling af droeg. 'Bart de Barbaar, de machtige krijgsheld, en Hendrik de Harige, zijn trouwe krijgshond, worden vermist. Naar wordt aangenomen zijn ze vermorzeld...'

'Zo is het wel genoeg, Veronica,' zei Randalf. 'Het is me duidelijk.'

'Engelbert de Enorme,' vervolgde ze onverstoorbaar, 'wordt ook vermist. Naar verluidt is hij bezig schapen te knijpen...'

'Veronica, hou je snável!' zei Randalf.

Norbert pinkte een traan weg. 'Hebt u al besloten waar we naartoe gaan, heer?' vroeg hij.

Randalf knikte zuchtend. 'Ja, we gaan naar huis,' zei hij toen.

'Naar huis, heer?' vroeg Norbert.

'Ja, Norbert,' zei Randalf. 'We gaan naar huis.'

Twee van de drie manen van Modderland stonden hoog
aan de hemel en wierpen hun licht op een verzameling van
een stuk of twintig reuzen die voor hun grotten rond een
reusachtig, hoog oplaaiend vuur zaten. Rondom klonk het
geluid van een zacht en tevreden slurpend duimzuigen.

Een van de reuzen – de grootste van allemaal – streek
langzaam met een hond over zijn wang en glimlachte ge-
lukzalig. De hond kwispelde met zijn staart. Zijn merkwaardige jodelende geblaf verried dat hij volmaakt tevreden was.

Een andere reus haalde zijn duim uit zijn mond en
keerde zich naar de jongen die naast hem zat. 'Onze Engelbert is weer helemaal de oude,' zei hij.

'Ja, het is je gelukt hem te kalmeren, Bart,' zei weer een
ander.

'Ach, hij had gewoon behoefte aan een beetje begrip,' zei
de eerste reus.

'Dat hebben we allemaal,' merkte een derde op.

'Want hoe zou jíj het vinden als je je knuffeltje kwijt
was?' vroeg de eerste. Hij hield een sjofele teddybeer om-

hoog, met nog maar één arm, één oor en zonder benen. 'Ik zou me geen raad weten als ik Toeter ooit kwijt zou raken.'

Bart knikte. Hij kon zijn ogen en zijn oren nauwelijks geloven. Een voor een hielden de andere reuzen hun knuffels omhoog: een smoezelig, pluizig konijntje, een donzige deken, een gerafeld stuk handdoek...

'Engelbert was natuurlijk altijd wel heel erg trots op zijn knuffie,' zei de eerste reus. 'Het ding stonk wel een beetje. En het was tot op de draad versleten. Maar Engelbert was er dol op. En weet je waarom?'

'Nou?' zei Bart.

'Omdat het betoverd was,' zei de reus. 'Zijn knuffie kon zingen.'

'O ja?' zei Bart peinzend.

'Hij heeft hem van zijn moeder gekregen, toen hij nog een baby'tje was,' vervolgde de reus. 'En zijn moeder had hem weer van een van de tovenaars op het Betoverde Meer. Gozewijn de Gerimpelde. Zo heette hij...'

'Dat was natuurlijk nog in de tijd voordat de tovenaars verdwenen,' viel de tweede reus hem in de rede. 'Tegenwoordig kun je helemaal niks meer krijgen wat betoverd is. Dus die knuffel was uniek. Onvervangbaar.'

'En daarom was Engelbert zo van slag toen hij zijn knuffel kwijtraakte. Want zijn knuffel zong hem elke avond in slaap.'

'Ja, Engelbert was dol op zijn knuffie,' zei de tweede reus. 'Hij zei altijd dat hij naar kusjes en warme knuffels rook. En hij nam het ding overal mee naartoe...'

Engelbert, die blijkbaar had meegeluisterd, boog zich plotseling naar voren. 'Tot iemand het van me afpakte!' riep hij uit. 'Op een ochtend, vorige week, werd ik wakker, en het was weg. Verdwenen.' Er gleed een schaduw over zijn gezicht. 'Het was gestolen! Iemand had mijn knuffie gestolen. Mijn fijne, zingende knuffie...'

'Rustig maar, grote kerel,' zeiden de andere reuzen. 'Je moet proberen kalm te blijven.'

'Engelbert werd er boos van,' vervolgde Engelbert. Zijn stem beefde, zijn gezicht zag helemaal rood en vlekkerig. 'En aan schapen heb ik niks. Ze zijn wel zacht, maar ze maken zo'n verschrikkelijk geluid. Ook als je er maar heel zachtjes in knijpt.'

Hendrik begon opgewonden te blaffen en likte Engelbert over zijn stompe neus. Er verscheen een brede glimlach op het gezicht van de reus.

'Niet zoals Hendrik,' zei hij. 'Want die heeft een prachtige zangstem.'

'Die knuffel,' begon Bart. 'Deed die van la, la, la...' Hij

deed zijn best om het koerende geluid zo goed mogelijk na te doen.

'Ja!' riepen alle reuzen opgewonden. 'Hoe weet je dat?'

'Ik denk dat ik die knuffel heb gezien,' zei Bart, terugdenkend aan hun ontmoeting met Smoezel, op de weg naar het Elfenwoud.

'Het doet er niet meer toe,' zei Engelbert. 'Ik hoef mijn oude knuffie niet terug. Want nu heb ik Hendrik.' Hij streek nog eens liefdevol met de hond over zijn wang.

Hendrik kwispelde van puur genot en liet opnieuw zijn vreemde, jodelende geblaf horen.

Engelbert grinnikte. 'Moet je dat nou eens horen,' zei hij, en hij kriebelde Hendrik op zijn buik. 'Hij is perfect.'

Bart knikte verdrietig. 'Dat vind ík ook,' zei hij toen. 'En Hendrik is van mij, Engelbert. Ik zou hem verschrikkelijk missen als jij hem zou houden. Want ik heb hem al gekregen toen hij nog maar een heel klein hondje was.'

Engelbert keek op, zijn mond viel open. 'Je wilt... je gaat hem toch niet weer van me afpakken, hè?' vroeg hij. 'Je laat Engelbert toch niet weer zonder knuffie zitten? Dat zou ik niet kunnen verdragen. Echt niet.'

'En je weet wat er de vorige keer is gebeurd,' waarschuwden de andere reuzen Bart.

'Ja, dat weet ik,' zei die. Hij keerde zich naar Engelbert. 'Maar als ik er nou eens voor zou zorgen dat je je oude knuffeltje terugkrijgt? Dan vind je het toch wel goed dat ik Hendrik weer meeneem?'

De reus trok een pruillip. 'Dat weet ik nog zo net niet,' zei hij met tegenzin.

'Engelbert, ik heb het over je óúde knuffeltje,' zei Bart zacht. 'Je líéfste knuffeltje. Het knuffeltje dat je al had toen je nog een babyreus was. Het knuffeltje dat je in slaap zingt en dat ruikt naar kusjes en warme knuffels.' Hij glimlachte. 'Het knuffeltje waar je net zoveel van houdt als ik van Hendrik.'

Engelbert keek naar Bart, toen naar Hendrik – en toen weer naar Bart.

'Goed dan,' zei hij ten slotte. 'Afgesproken.'

De volgende dag werd er even na theetijd luid op de deur van het kasteel gebonsd. De Gehoornde Baron haastte zich om open te doen. Smoezel stond op de stoep.

'Eindelijk!' riep de Gehoornde Baron uit. 'Je hebt wel erg lang op je laten wachten!'

'Met zingende gordijnen moet je vooral niets overhaasten,' legde Smoezel uit. Omdat hij de groetelf halverwege tussen Dwergenstede en het kasteel was tegengekomen, wist hij al hoe wanhopig de Gehoornde Baron uitzag naar zijn komst. 'Trouwens,' vervolgde hij. 'Wat is al dat gedoe over kerkers en tovenaars en roze stinkzwijnen?'

'Niks. Vergeet dat maar,' sputterde de Gehoornde Baron. 'Je hebt ze, en daar gaat het om.' Hij fronste zijn wenkbrauwen. 'Waar zijn ze eigenlijk?'

Smoezel deed zijn rugzak af. Zodra hij hem opendeed, klonk het gesmoorde geluid van twee stemmen die een vals duet zongen, door de hal. Zwierig haalde Smoezel de gordijnen te voorschijn, en hij presenteerde ze over zijn uitgestoken arm.

'Ze zien er wel wat sjofeltjes uit,' zei de Gehoornde

Baron. Hij trok zijn neus op. 'En ze stinken ook een beetje,' voegde hij eraan toe. 'Dus misschien kun je nog iets van de prijs af doen...'

'U maakt zeker een grapje,' zei Smoezel verontwaardigd. 'Deze zingende gordijnen zijn uniek! U kunt zich niet vóórstellen wat ik allemaal heb moeten doorstaan om ze te vinden.'

Het onwelluidende gezang klonk steeds harder. Het weergalmde tegen het gewelfde plafond en zweefde de trap op.

'Walter!' klonk een schelle, maar hoopvolle stem. 'Is dat zíngen wat ik daar hoor? Zijn mijn zingende gordijnen eindelijk gearriveerd?'

'J-ja... ze zijn er,' riep de Gehoornde Baron naar boven. 'Tenminste, als je dat afschuwelijke gejammer zíngen wilt noemen,' voegde hij er op gedempte toon aan toe.

'U kunt ze natuurlijk ook weigeren,' zei Smoezel, terwijl hij de gordijnen opvouwde. 'Als u ze niet wilt, dan heb ik meer dan genoeg andere geïnteresseerden...'

'O, Walter!' jubelde Ingrid vanboven. 'Mijn verrukkelijke Gehoornde Baron! Ik wíst dat je me niet zou teleurstellen. Ik heb nooit ook maar één moment aan je getwijfeld.'

'Maar als u ze wél wilt,' vervolgde Smoezel, en hij deed zijn rugzak open. 'Dan bent u me nog een buidel met zilveren kneuzen schuldig. Trouwens, dat hoef ik u ongetwijfeld niet te vertellen.'

'Ik word bestolen! Op klaarlichte dag,' klaagde de Gehoornde Baron. 'Eén buidel lijkt me meer dan genoeg...'

'WALTER!' krijste Ingrid. 'Ik ben een geduldige vrouw. Maar je stelt mijn geduld wel zwaar op de proef, Walter. Je drijft me tot het uiterste.' Het bleef even stil. 'IK WIL MIJN ZINGENDE GORDIJNEN NU!'

'Ik kom eraan!' riep de Gehoornde Baron. Hij keerde zich naar Smoezel en duwde hem de buidel kneuzen in zijn hand. 'Ik neem aan dat de prijs inclusief ophangen is?'

'Normaal gesproken niet,' zei Smoezel, waarop de Gehoornde Baron dreigend zijn wenkbrauwen optrok. 'Maar voor zo'n gewaardeerde klant...' voegde Smoezel eraan toe, met een stem die droop van vleierij, '... maak ik graag een uitzondering.'

Op datzelfde moment werd er uitzinnig op de deur gehamerd. Smoezel schrok.

De Gehoornde Baron draaide zich om. 'Wat nu weer?' zei hij.

'WALTER!'

'Ik kom eraan... ik bedoel, ik ga al...' riep de Gehoornde Baron terug. Hij rende naar de trap, toen terug, naar de deur, even niet wetend of hij kwam of ging.

Het gehamer klonk opnieuw, nog heftiger dan tevoren, en het ging vergezeld van een luide stem: 'Doe open! Doe open! Het gaat om een zaak van leven of dood!'

De Gehoornde Baron trok zijn wenkbrauwen op en keek naar het plafond. 'Waarom komt ook altijd alles tegelijk?' verzuchtte hij.

'WAL-TER!'

'Breng jij de gordijnen maar naar boven,' zei de Gehoornde Baron tegen Smoezel. 'Dan ga ik kijken wie er aan de deur is. Waarschijnlijk weer een geval van ernstig geknepen schapen.' Hij schudde zijn hoofd. 'Wanneer ik die sufferd van een Randalf in mijn vingers krijg...'

Terwijl Smoezel naar boven verdween, liep de Gehoornde Baron de hal door. Maar nog voordat hij bij de deur was, vloog deze open en knalde in volle vaart tegen de

muur. Verbaasd keek de Gehoornde
Baron naar de gestalte die in de deur-
opening verscheen. Een pezige, have-
loze knaap; zijn haar zat vol klitten,
zijn kleren zaten onder het vuil, en
aan zijn voeten droeg hij slechts
één laars.

'Zeg maar niks,' zei de Baron.
'Je komt klagen omdat er iemand
in je schapen heeft geknepen.
Luister, voor de honderdenzoveel-
ste keer...'

'De Gehoornde Baron!' zei Bart
terwijl hij over de drempel stapte.
'U wilde ik net spreken.' Hij stak
zijn hand uit. 'Bart is de naam.
Kent u me nog? Bart de Barbaar? De krijgsheld?'

'Barbaar? Krijgsheld?' herhaalde de Gehoornde Baron
afwezig terwijl hij over Barts schouder heen naar de wenteltrap keek. 'Bart... Ach, natuurlijk! Ik had je niet herkend
zonder die steelpan op je hoofd. Hoe is het met je, en hoe is
het je vergaan? Trouwens, waar is de tovenaar?'

Vanboven klonken enthousiaste, verheugde kreten. 'O,
Walter, ze zijn práchtig!' riep Ingrid. 'En ik ben de enige die
zoiets heeft. Verder niemand! Wat een verrukkelijk idee! En
ze zijn echt helemaal volgens de laatste mode!' Het bleef
even stil. 'Walter, ze zíjn toch helemaal volgens de laatste
mode?'

'Ja, schat,' antwoordde hij vermoeid. 'En ze zijn het abso-
lute toppunt van goede smaak.'

Bart glimlachte.

'Nieuwe gordijnen,' legde de Gehoornde Baron uit.

'La, la, la. La, la, la...'

'Zíngende gordijnen,' verbeterde de Baron zichzelf. 'Daar had Ingrid haar zinnen op gezet. Blijkbaar zijn zingende gordijnen de nieuwste rage.'

'Ja,' zei Bart. 'Zoiets zei Smoezel ook al toen we hem tegenkwamen.'

'Zingende gordijnen!' jubelde Ingrid. 'Mijn allereigenste zingende gordijnen!'

'Erg zeldzaam,' zei Bart. 'Heel moeilijk aan te komen. Betoverde stof kom je niet zomaar overal tegen.'

'Nou en?' De Gehoornde Baron klonk plotseling alsof hij zich moest verdedigen. 'Ik durf rustig te beweren dat een Gehoornde Baron het recht heeft zijn lieve vrouw af en toe een bescheiden geschenk te geven. Trouwens, wat doe jíj hier eigenlijk?'

Bart haalde diep adem en verhief zich in zijn volle lengte. Dit was het gedeelte dat hij had geoefend. 'Ik, Bart de Barbaar, heb me van de taak gekweten die u me had opgedragen.'

'Je hebt wát?' vroeg de Gehoornde Baron.

'Ik breng u het hoofd van Engelbert de Enorme.'

De mond van de Gehoornde Baron viel open. 'Echt waar?' vroeg hij verbijsterd. Toen fronste hij wantrouwend zijn wenkbrauwen. 'Waar is het dan?'

'AAAARGH!!'

De gil in doodsnood was luider dan alles wat Ingrid die dag had uitgebracht. De ramen rinkelden in hun sponningen, de trap beefde. Zo oorverdovend was het geluid.

'AAAAAARGGHH!!!'

Zelfs de Gehoornde Baron, gewend aan de hysterische

manier waarop Ingrid reageerde op spinnen en torren, of als ze haar zin niet kreeg, besefte dat er nu wel iets héél ergs gebeurd moest zijn. De arme vrouw klonk alsof ze helemaal buiten zinnen was van angst. Er moest iets verschrikkelijks aan de hand zijn. En wat dat iets ook was, het was blijkbaar boven. Voor het eerst sinds Bart was komen binnenstormen, was de Gehoornde Baron blij met de aanwezigheid van een krijgsheld in zijn kasteel.

'Kom mee!' zei hij dan ook. Hij draaide zich om en haastte zich de trap op.

Net op het moment dat ze Ingrids slaapkamer binnenstormden, viel de deur naar de aangrenzende badkamer achter haar dicht.

'Zorg dat hij weggaat!' krijste ze vanachter de deur. 'O, het is verschrikkelijk!'

De Gehoornde Baron keek om zich heen en zag het enorme, knoestige hoofd van Engelbert de Enorme door het raam naar binnen steken. De reus keek hem met zijn drie ogen nieuwsgierig aan. 'Wat heeft dit te betekenen?' vroeg de Baron streng.

'Dit is het hoofd van Engelbert de Enorme,' zei Bart. 'Zoals u had gevraagd.'

'Maar het zit nog aan zijn schouders vast!' bulderde de Gehoornde Baron. 'Het is een schande! Wat bén jij voor krijgsheld?'

'En wat bent ú voor een Gehoornde Baron?' vroeg Bart op zijn beurt nijdig. 'Dat u bereid bent zo diep te zinken om gordijnen te kopen die zijn gemaakt van het knuffeltje van een reus!'

'Het knuffeltje van een reus?' herhaalde de Gehoornde Baron verrast.

'La, la, la...' zong een van de gordijnen eentonig.

'La, la, la...' viel zijn buurman in.

De ogen van de Gehoornde Baron werden groot. 'Wou je me soms vertellen dat deze zingende gordijnen zijn gemaakt van het knuffeltje van een reus?'

Bart knikte. Op dat moment kwam er een reusachtige harige hand door het raam die eerst het ene, toen het andere gordijn greep en ze van de roeden rukte.

'Smoezel!' brulde de Gehoornde Baron. 'Smoezel, ik wil mijn geld terug.'

Maar Smoezel was nergens te bekennen. Terwijl zijn naam door het kasteel schalde, was de dwerg al op weg naar Dwergenstede, zo snel als zijn benen hem wilden dragen.

'Eén knuffeltje,' zei Engelbert terwijl hij ermee over zijn

linkerwang streek. 'En nog een knuffeltje.' Hij wreef met het tweede gordijn over zijn rechterwang. 'Het is nog beter dan het was!'

'Het is twee keer zo fijn!' zei Bart, opgelucht dat de reus niet van streek bleek te zijn over het feit dat zijn knuffeltje in tweeën was geknipt. 'Maar denk aan wat je hebt beloofd, Engelbert,' zei hij. 'Het is tijd om je aan jouw deel van de overeenkomst te houden.'

'Wat bedoel je?' zei Engelbert. Toen knipoogde hij – met zijn middelste oog – om duidelijk te maken dat het maar een grapje was. 'Alsjeblieft, Bart de Barbaar.' Hij reikte opnieuw naar binnen en zette Hendrik voorzichtig op het kleed in de slaapkamer van de Barones. 'Zorg goed voor hem! Want een knuffel als Hendrik, die vind je nergens.'

'Dat weet ik,' zei Bart, terwijl Hendrik op hem af stormde en kwispelstaartend en met zijn tong uit zijn bek tegen hem op sprong. Door het raam zag Bart dat Engelbert hem een brede grijns schonk. 'Dag, Engelbert,' zei hij. 'Dank je wel.'

'Dag, Bart,' baste de stem van de reus, die het kasteel de rug al had toegekeerd en met dreunende stappen richting de Reuzenheuvels liep. 'Dag, Hendrik.' Zijn stem kwam van steeds verder weg.

Hendrik blafte.

'Walter!' krijste Ingrid vanuit de badkamer. 'Die afschuwelijke lomperik van een reus heeft mijn zingende gordijnen gestolen! Walter!'

'La, la, la... La, la, la...' zongen de gordijnen – steeds zachter en zachter, terwijl ze uit het zicht verdwenen, tot hun valse, eentonige duet ten slotte niet meer te horen was.

'Ziezo,' zei Bart tegen de Gehoornde Baron. 'Hij is weg. En nu hij zijn knuffeltje terug heeft, hoeft hij niet langer in schapen te knijpen. Daar kunt u van opaan.' Hij glimlachte. 'Dus het is tijd om het over mijn beloning te hebben.'

'Wat?' riep de Gehoornde Baron uit.

Hendrik gromde, zodat de Gehoornde Baron hem wantrouwend opnam.

'Ach natuurlijk, je beloning,' zei hij toen. 'Een handvol koperen slijkers, was het niet?'

'Een buidel met zilveren kneuzen,' zei Bart. 'Dat was de afspraak.'

'Ik weet heel zeker...'

Hendrik gromde weer, niet hard, maar net genoeg om de Gehoornde Baron eraan te herinneren dat hij er ook nog was.

'... dat we dat hadden afgesproken,' zei de Gehoornde Baron. 'Een buidel zilveren kneuzen.' Hij reikte in de plooien van zijn buis, haalde een rinkelende leren buidel te voorschijn en gaf die met een diepe, ongelukkige zucht – en met duidelijke tegenzin – aan Bart.

'Dank u wel,' zei deze. 'Als u me nu wilt verontschuldigen, want ik moet dringend een tovenaar spreken, over mijn reis naar huis.'

Hij draaide zich om, floot Hendrik en liep naar de deur van de slaapkamer. Hij had deze nog niet bereikt, of uit de badkamer klonk een gruwelijk gekrijs van woede, gevolgd door een oorverdovend 'WALTER!'

De Gehoornde Baron verbleekte. 'Ik laat je even uit,' zei hij, en hij haastte zich achter Bart aan.

'WAL-TER!'

'Tenminste, als ik je niet kan verleiden om te blijven,' vervolgde de Baron haastig. 'Hoe zou je het vinden om mijn persoonlijke lijfwacht te worden?'

'Eh... Nee, dank u,' zei Bart. Hij begon sneller te lopen, stoof met twee treden tegelijk de trap af en stormde de hal door, met Hendrik dicht op zijn hielen.

'Wacht even,' bracht de Gehoornde Baron hijgend uit. 'Ik doe je een aanbod dat je niet kunt weigeren...'

'Ajuuuu!' riep Bart terug. Hij gooide de deur achter zich dicht en ging er in vliegende vaart vandoor.

Achter zich hoorde hij nog de stem van Ingrid. 'En dat noemt zich een Gehoornde Baron!' tierde ze. 'Een zielige figuur, dat ben je! Een schande! Ik doe nu de kast open, Walter. Ik haal de groene verf eruit, Walter – én de staalborstel...'

Bart glimlachte. Engelbert had zijn knuffeltje terug, de Gehoornde Baron kreeg zijn verdiende loon, dus alles was op z'n pootjes terechtgekomen. Bíjna alles. Het enige wat hij nu nog moest doen, was Randalf overhalen om hem terug te sturen naar huis. Dan was het écht eind goed, al goed.

Hij dacht aan het opstel dat hij nog moest schrijven wanneer hij weer thuis was. Na zijn verblijf in Modderland zou hij voor 'Mijn Verbijsterende Avontuur' meer dan genoeg inspiratie hebben.

'Kom mee, Hendrik,' zei hij. 'Laten we eens kijken of we voor het aanbreken van de nieuwe dag terug kunnen zijn bij het Betoverde Meer.'

De zon was al op tegen de tijd dat Bart en Hendrik bij het Betoverde Meer aankwamen. Lage, heldere stralen van licht sneden door de vroege-ochtendmist, terwijl een grote, glinsterende vis uit de bodem van het meer viel, recht in de wijd opengesperde snavel van een wachtende luilijster.

'Weer een nieuwe dag in Modderland,' mompelde Bart hoofdschuddend. 'Ik begin er al aan gewend te raken.' Hij keerde zich naar Hendrik. 'Nou ja, bijna,' zei hij, opkijkend naar de enorme watermassa hoog boven zijn hoofd. 'Hoe komen we daar in 's hemelsnaam?'

Hendrik blafte en kwispelde met zijn staart.

'Wat ben je toch een slimme hond,' zei Bart, want Hendrik was naar een paal gelopen met een klein nestkastje, waaraan met een haak een bel was bevestigd. Op een bordje stond: BIJ VRAGEN: BELLEN. Bart belde.

Uit het nestkastje fladderde een luilijster naar buiten, met een kleine elf op zijn rug.

'Ding-dong,' riep de elf dreunend, terwijl het tweetal over de rand van het meer verdween. 'Ding-dong. Ding-dong...'

Bart en Hendrik wachtten... en wachtten... Toen klonk er vanboven een luide stem. 'Pak het touw!'

Bart krabbelde overeind en keek omhoog. 'Norbert!' riep hij uit.

De reus bevond zich ver boven hem en leunde vervaarlijk over de rand van de watermassa. In zijn enorme vuisten hield hij een lang touw, waaraan een mand bungelde. Bart reikte omhoog en greep de mand.

'Goed zo!' riep Norbert bemoedigend. 'Klim maar in de mand allebei, dan trek ik jullie omhoog.'

Onhandig en een beetje bibberig klom Bart in de mand, hij liet zich in kleermakerszit op de bodem ploffen en trok Hendrik op schoot. Toen wond hij de riem om zijn arm en klemde zijn twee handen stevig om de rand van de mand.

'Klaar?' riep Norbert.

'Ja!' riep Bart terug. 'Tenminste, echt klaar niet, maar... Ooohhh!' riep hij uit, toen Norbert een ruk aan het touw gaf en de mand wiebelend begon op te stijgen, steeds hoger en hoger. Bart besefte dat hij was vergeten hoe hoog het Betoverde Meer boven de grond hing.

'Ik vind dit doodeng!' riep hij uit.

'Wees blij dat je niet zoals de anderen naar boven hoeft,' klonk de stem van Veronica uit de hoogte. 'Er waren diverse zwermen luilijsters voor nodig om Norbert van de grond te krijgen – en je had

142

zijn kleren moeten zien toen hij eenmaal boven was!'

Hendrik kefte jammerlijk, dus Bart trok hem dicht tegen zich aan en fluisterde dat alles goed zou komen.

Met een laatste grom van inspanning trok Norbert de mand over de rand van het meer. Daar hield hij hem vast naast een kleine vloot van gootstenen. In een daarvan zaten Randalf en Veronica. Norbert had een gootsteen voor zich alleen, en de derde was leeg. De gootstenen waren met touwen aan elkaar gebonden.

Randalf leunde naar voren. 'Bart!'

'Randalf!' antwoordde Bart.

'Wat ben ík blij dat ik je zie!' riep Randalf.

'Niet half zo blij als ik om jou te zien,' riep Bart terug.

'Jawel, ik ben twéé keer zo blij,' hield Randalf vol.

'Wat doet het ertoe?' zei Veronica. 'Laten we teruggaan naar de boot voordat iemand – ik noem natuurlijk geen namen,' zei ze met een verwijtende blik op Norbert. 'Voordat íémand weer ergens een stop uit trekt.'

'Maar het ging per ongeluk!' protesteerde Norbert.

'Het doet er niet toe, Norbert,' zei Randalf. 'Pas op, want de mand wordt nat. Bart, als jij en Hendrik in de lege goot-steen klimmen, dan peddelt Norbert ons terug naar de boot. Is het niet, Norbert, beste brave kerel?'

Toen ze allemaal hun plaatsen hadden ingenomen, be-gon Norbert uitzinnig te peddelen.

'En dan moet je me straks alles vertellen wat er is ge-beurd!' riep Randalf over het schuimende water. 'Tot in de kleinste bijzonderheden.'

'Wát zei je dat hij deed?' riep Randalf uit.

'Hij kietelde Hendrik op zijn buik,' herhaalde Bart. 'En ik kon meteen zien dat Hendrik het heerlijk vond. Toen keek ik om me heen, op zoek naar jullie, maar jullie waren alle-maal weggerend.'

Randalf kuchte gegeneerd, zijn blos werd nog vuriger. 'Dat was een tactische terugtrekking, knaap,' zei hij. 'Terug-trekken, hergroeperen...'

'En rennen voor je eigen hachje,' voegde Veronica eraan toe.

'Veronica, hou je snavel!' zei Randalf. 'Ga door, Bart.'

'Je had inderdaad gelijk,' zei Bart, en hij tikte tegen zijn slaap. 'Het was gewoon een kwestie van psychologie!'

'Zie je wel!' zei Randalf triomfantelijk. 'Heb ik het je niet gezegd? Met je Drietand-van-List-en-Bedrog en je Helm-van-Hoon-en-Spot...'

'O, nee,' viel Bart hem in de rede. 'Daar had het allemaal

niks mee te maken. Sterker nog, die dingen zaten me eigenlijk alleen maar in de weg, dus ik heb ze afgedaan.' Er verscheen een schuldige uitdrukking op zijn gezicht. 'Ik ben bang dat ze nogal zijn geplet toen Engelbert er per ongeluk bovenop ging staan.'

'Dat doet er niet meer toe,' zei Randalf. 'Wat bedoelde je precies met "het was een kwestie van psychologie"?'

'Nou, het was duidelijk dat Engelbert meteen dol was op Hendrik,' legde Bart uit. 'Vanaf het moment dat hij met hem over zijn wang begon te wrijven, was hij een ander mens. Of een andere reus, moet ik zeggen. Echt een watje...'

Randalf fronste zijn wenkbrauwen. 'Dus hij was zijn knuffeltje kwijtgeraakt?' zei hij. 'Dáárom was hij zo boos, en toen hij Hendrik had, kalmeerde hij weer.'

Bart knikte.

'De stukjes van de puzzel vallen ineens op hun plaats,' zei Randalf. 'De woede-aanvallen. De geknepen schapen. Norbert, dat had jij toch moeten weten!'

'Het spijt me, heer,' zei Norbert.

'Maar je hebt Hendrik bij je!' zei Randalf met een peinzende blik op de hond. 'Hoe ben je erin geslaagd de reus zover te krijgen dat hij je de hond teruggaf?'

'Heel eenvoudig,' zei Bart. 'Door zijn kwijtgeraakte knuffeltje terug te vinden.'

'Waar heb je het gevonden?' vroeg Randalf nieuwsgierig.

'In het kasteel van de Gehoornde Baron.' Bart glimlachte om de verwarring op Randalfs gezicht. 'Ik zal je een hint geven,' zei hij. 'We hebben het knuffeltje van de reus allemaal gezien. Toen we op weg waren naar de Reuzenheuvels. We hebben het gezien, én we hebben het gehoord...'

'Smoezel!' riep Randalf uit. 'Natuurlijk! Hij had een rol

zingende stof onder zijn arm. Nu weet ik het weer. Hij was ermee op weg naar Dwergenstede om er gordijnen van te laten maken voor de vrouw van de Gehoornde Baron.' Randalf fronste zijn wenkbrauwen. 'Norbert, jij als reus... je had het knuffeltje van een andere reus toch moeten herkennen!'

'Het spijt me, heer,' zei Norbert opnieuw. 'Blijkbaar heb ik vandaag mijn dag niet.'

'Smoezel, Smoezel,' zei Randalf. Hij zoog lucht door zijn tanden en schudde zijn hoofd. 'Ik heb hem nooit vertrouwd. Wat een bandiet! Wat een schurk. Om het knuffeltje te stelen van een reus! Alle narigheid en opschudding in Modderland... dat is allemaal zijn schuld.' Hij sloeg Bart op zijn schouder. 'En daar waren we nooit van afgekomen, als jij er niet was geweest, beste jongen.'

'Ach... het was niets,' zei Bart.

'Niets?' riep Randalf uit. 'Bart de Barbaar, krijgsheld van ver, Modderland zal voor altijd bij je in de schuld staan.'

'Dat is fijn,' zei Bart. 'Maar als het jou niet uitmaakt, zou ik nu echt érg graag naar huis willen. Ik heb gedaan wat er van me werd verwacht...'

'Maar, Bart,' zei Randalf. 'Bart de Barbaar! Er is nog een kleine kwestie...'

'O ja, dat vergat ik nog!' Bart haalde de buidel met zilveren kneuzen te voorschijn. 'Deze heb ik van de Gehoornde Baron gekregen, als beloning.' Hij hield Randalf de buidel voor. 'Neem jij het maar. Ik heb er thuis toch niks aan.'

'O, Bart,' zei Randalf. 'Je dapperheid is onovertroffen, je scherpzinnigheid ongeëvenaard, en zelfs je vrijgevigheid kent geen grenzen. Maar dat was niet de kleine kwestie die ik bedoelde.'

'O nee! Wat dan wel?' vroeg Bart. Zijn hart ging als een razende tekeer. 'Ik heb me aan mijn woord gehouden. Nu jij nog. Het is niet meer dan eerlijk dat je me naar huis stuurt.'

'Dat kan ik niet,' zei Randalf.

'Je kan het niet?' zei Bart. 'Hoe bedoel je, je kán het niet?'

Randalf sloeg zijn ogen neer. 'Ik bedoel dat ik het niet kan.'

'Hij heeft gelijk,' zei Veronica. 'Hij zou niet wéten hoe hij dat moest aanpakken. Dat is echt waar.'

Bart voelde dat zijn maag in opstand kwam. Zijn hoofd begon te tollen. 'Maar... maar je hebt me toch ook hierheen gehaald?' zei hij.

'Ja, door mijn toverspreuk te gebruiken om een krijgsheld op te roepen,' zei Randalf. 'Helaas is dat de enige spreuk die ik ken.'

'Ja,' zei Veronica schamper. 'Omdat alle andere toverspreuken – ook die om een krijgsheld weer terug te sturen – zijn...'

'Omdat die ergens anders zijn,' viel Randalf haar haastig in de rede.

'Kun je die spreuk dan niet gaan halen?' vroeg Bart.

'Ik ben bang van niet,' zei Randalf.

'Dus ik kan hier niet weg? Is dat wat je wilt zeggen?' vroeg Bart verontwaardigd.

'Voorlopig niet, nee,' moest Randalf toegeven.

'Maar... maar ik moet terug!' protesteerde Bart. 'Waarom kun je die toverspreuk niet gaan halen?' vroeg hij streng. 'Leg me dat eens uit!'

'Omdat... omdat...' Randalf haperde.

'Vooruit, vertel het hem maar!' zei Veronica. 'Je weet

waar we de spreuken kunnen vinden. Tenslotte is er maar één plek waar ze kunnen zijn.'

'Waar is dat dan?' vroeg Bart.

Randalfs gezicht vertrok. 'In Giechelveld,' zei hij ten slotte.

'Giechelveld?' herhaalde Bart.

'Ja, midden in het Elfenwoud,' zei Randalf.

'Het Elfenwoud?' herhaalde Bart. Veronica had het al eerder over het Elfenwoud gehad, herinnerde hij zich.

'Het is de plek waar...' Er ging een krachtige huivering door Randalf heen. 'Waar Meester Troetel woont.'

'Meester Troetel...' herhaalde Bart langzaam.

'Allemachtig!' zei Veronica. 'Je lijkt wel een papegaai. Nog meer dan ik, en dat wil wat zeggen voor een parkiet!'

'Meester Troetel is... hij is het die het *Grote Boek der Bezweringen* heeft gestolen van Gozewijn de Gerimpelde,' bekende Randalf. 'En sindsdien maakt hij er druk gebruik van. Herinner je je die vliegende kasten nog?'

'En die stormloop van het bestek?' vroeg Norbert.

Bart knikte.

Randalf huiverde opnieuw. 'Dat was ongetwijfeld het werk van Meester Troetel,' zei hij. 'Als er iets in Modderland verkeerd gaat, kun je je laatste kneus erom verwedden dat Meester Troetel van Giechelveld erachter zit.'

'Dat is het!' riep Veronica uit.

'Hij is bezeten van macht!' zei Randalf. 'En hij zal niet

rusten voordat hij heel Modderland in zijn greep heeft, als alleenheerser. Mocht het ooit zover komen, dan zullen alle bewoners van Modderland gedwongen zijn te dansen naar zijn gruwelijke pijpen...'

'Dat is het!' kwetterde Veronica nogmaals.

'Wát is het?' vroeg Randalf geërgerd.

'Het was niet Smoezel die het knuffeltje van de reus heeft gestolen,' zei Veronica. 'Hij sprak de waarheid toen hij zei dat hij het via een van zijn contacten had weten te bemachtigen. De vraag is, wie was dat contact?'

Randalf schudde zijn hoofd. 'Je wilt toch niet zeggen...'

Veronica klepperde ongeduldig met haar snavel. 'Denk nou eens goed na! Wie had er voordeel bij wanneer Engelbert in zijn woede het kasteel van de Gehoornde Baron zou verwoesten?' vroeg ze. 'Wie zou maar al te graag hebben gezien dat de dwergen en de reuzen ruzie hadden gekregen? En waar kwam Smoezel vandaan met die baal zingende stof? Uit het Elfenwoud! En wie woont er in het Elfenwoud?'

'Meester Troetel,' zeiden Randalf, Norbert en Veronica in koor, zij het op gedempte toon. 'Het knuffeltje van een reus stelen! Wat zal zijn volgende gruweldaad zijn?' Ze schudden allemaal het hoofd.

Het was Bart die uiteindelijk de langgerekte stilte verbrak. 'Dat komt dan mooi uit,' zei hij.

Randalf keek hem vragend aan. 'Hoe bedoel je?' vroeg hij.

'Nou, die vraag kun je meteen stellen als we bij Troetel langsgaan om het *Grote Boek der Bezweringen* terug te halen,' zei hij.

Randalf begon zenuwachtig te lachen. 'Mijn beste jongen, je gaat niet zomaar bij Meester Troetel langs! Laat staan om het *Grote Boek der Bezweringen* terug te halen. Daar zijn Gozewijn de Gerimpelde en de andere tovenaars inmiddels ook achter gekomen. "We gaan de kwestie eens rustig bespreken, onder het genot van een pot thee, Randalf," zeiden ze voordat ze op weg gingen. En je ziet wat er is gebeurd.'

'Wat ís er dan gebeurd?' vroeg Bart.

'Tja, eerlijk gezegd weet ik dat niet,' moest Randalf bekennen. 'Maar ze zijn nooit meer teruggekomen!'

Bart haalde zijn schouders op. 'Als een bezoek aan Meester Troetel van het Giechelveld mijn enige kans is om thuis te komen, dan zal ik dat risico moeten nemen. Bovendien,' vervolgde hij voordat Randalf – of Veronica – kon protesteren, 'jullie vergeten iets heel belangrijks.'

'En wat mag dat dan wel zijn?' vroeg Randalf.

Bart glimlachte. 'Ik ben BART DE BARBAAR!' riep hij zo hard als hij kon.

'Dat... dat weet ik,' zei Randalf onzeker. 'Maar...'

'Vertrouw me nou maar. Ik kan het weten,' zei Bart. 'Want ik ben een krijgsheld.'

Een kille wind huilde door de bomen van het Elfenwoud. De bladeren ritselden, de takken kraakten. In het hart van het woud verbleekte het gevlekte licht waarin het Giechelveld zich koesterde, in snel tempo.

'Ons plan is mislukt, meester,' klonk de nasale stem van het hulpje van Meester Troetel.

'Ja,' klonk het schrille antwoord, gevolgd door een hoog gegiechel. 'Het is mislukt.'

'En we hadden de list met de zingende gordijnen nog wel zo goed uitgewerkt! De valse advertentie in de catalogus. De diefstal van het knuffeltje van Engelbert de Enorme – o, die reuzen kunnen toch zó stom zijn! De onderhandelingen met die verfoeilijke kleine dwerg, Smoezel... Het ging allemaal zo goed.'

'Ja, dat ging het zeker!' Meester Troetel giechelde onaangenaam. 'Inmiddels had Modderland al één grote chaos moeten zijn. Met mij als alleenheerser. Ik had niet gedacht dat mijn oude vriend, Randalf de Leerling, in staat zou zijn die toverspreuk nog eens te gebruiken.' Zijn onheilspellende gegiechel werd steeds luider. 'Die dekselse krijgsheld ook!'

'Ik ben het helemaal met u eens,' viel zijn hulpje hem bij.

'Maar we zullen ons werk voortzetten. Ik zal een nog beter plan bedenken! Een plan dat niet kan mislukken! En ik zal die krijgsheld voorgoed onschadelijk maken!' tierde Meester Troetel, zichzelf voortdurend onderbrekend met zijn afschuwelijke gegiechel. 'Ik zal de Gehoornde Baron verslaan!'

Rondom de open plek raakten alle woudbewoners van streek door zijn harde stem. Toen deze aanzwol tot een angstaanjagend gebulder, wankelden de steltmuizen op hun spichtige poten, de boomkonijnen vielen van hun takken, en de vleermussen die al op stok waren gegaan – toch al op hun hoede nadat een aanvallende zwerm kasten hen bont en blauw had gebeukt en hun de stuipen op het lijf had gejaagd – verlieten hun slaapplek en fladderden weg langs de donkere hemel.

'Dat klinkt absoluut, helemaal geweldig!' kweelde het hulpje. 'Wat zou u zeggen van een lekkere kop thee en een knuffelsoes? Ik heb er speciaal een gemaakt met uw beeltenis erop...'

'Wat zou ik zonder jou moeten beginnen, Theodorus?' zei Meester Troetel. 'Zo, en nu moet ik aan mijn nieuwe plan gaan werken.' Hij streek over zijn kin. 'Ik moet rekening houden met alle factoren en alle mogelijkheden tegen elkaar afwegen.' Hij keek op. 'Draken! Ik denk aan draken. En aan mangelwortelmarmelade. Maar ook aan kleine, rinkelende theelepels...' Hij giechelde en wreef genietend in zijn handen. 'Deze keer kán het niet fout gaan, Theodorus.'

'O, meester, u bent zo verrukkelijk slecht.' Als Theodorus een kat was geweest, was hij gaan spinnen.

Het gegiechel kreeg een onheilspellende klank. 'Geloof me, Theodorus, wat je gezien hebt, dat is nog niks!' Zijn stem – en zijn gegiechel – werd luider. 'Er is niets wat Randalf – of wie dan ook – kan doen om me tegen te houden! IK, MEESTER TROETEL VAN GIECHELVELD, ZAL HEER EN MEESTER ZIJN VAN MODDER-LAND!' bulderde hij, en hij gooide in verdwaasde triomf zijn hoofd naar achteren.

'Hi-hiiii-hi-hi-hi-hi-hi-hi...'

Op de volgende pagina's vind je alvast
een voorproefje van het tweede deel
van de Modderland-trilogie.

Pas op, draken!

'Ach, ik kan in elk geval blijven dromen,' zei Veronica met een zucht.

BOEM! BENG!

Het was het geluid waarvan Bart wakker was geschrokken, maar dan nog veel harder. En het werd onmiddellijk gevolgd door een oorverdovende knal, toen de deur aan de andere kant van de kamer tegen de muur sloeg. Een enorme reus met een gezicht als een pootaardappel kwam binnenstormen. Zijn vuist, zo groot als een kolenschop, omklemde een zware koekenpan.

'Norbert!' riep Randalf. 'Wat bezíélt je in 's hemelsnaam?'

'Het is die elf, heer!' tierde Norbert. 'Hij heeft met zijn vingers aan de knuffelsoezen gezeten.'

Toen Bart zich omdraaide, zag hij een klein gedrongen wezentje over de grond schieten. Bijna op hetzelfde moment sloeg Norbert de koekenpan tegen de grond, maar hij miste de elf op een haar na. De woonboot begon heftig te deinen en te schommelen.

'En blijf uit mijn keuken!' riep Norbert.

De elf remde abrupt af, maakte rechtsomkeert en dook tussen Norberts benen door. Terwijl Norbert hem nakeek, zakte zijn hoofd steeds lager en lager – tot hij uiteindelijk voorover viel en het schommelen van de woonboot vervaarlijke proporties begon aan te nemen.

'Wees nou toch voorzichtig, Norbert!' zei Randalf. 'Straks slaat de boot nog om!'

'En dat zou niet voor het eerst zijn,' voegde Veronica er hatelijk aan toe.

'Het spijt me, heer.' Norbert krabbelde overeind.

De elf rende naar de klok aan de muur. 'Twintig over ochtend!' riep hij vrolijk terwijl hij langs de slinger omhoogklom. Ten slotte verdween hij door een klein deurtje boven de wijzerplaat van de klok.

'De hoogste tijd voor het ontbijt,' zei Randalf.

'Gestampte kikkervisjes! Mijn lievelingskostje,' zei Norbert met een onderzoekende blik op de inhoud van Randalfs druipnatte hoed. 'Ze zijn verrukkelijk, vooral als beignets, gebakken in een beslagje.'

'Jakkes!' Bart rilde ervan.

'Het is iets wat je moet léren eten.' Randalf knikte waarderend. 'Steltmuizen zijn ook heel smakelijk...'

'Kikkervisjes, steltmuizen.' Bart schudde vol afschuw zijn hoofd. 'Wanneer mijn moeder beignets maakt, gebruikt ze ananas of banaan...' Zijn gezicht betrok, zijn onderlip begon te trillen.

'Ach, Bart...' Randalf keek hem bezorgd aan. 'Als die beignets zoveel voor je betekenen, dan kunnen we vanavond... misschien...'

'Het gaat niet om de beignets!' riep Bart. 'Het gaat om mijn moeder. En mijn vader. En de tweeling – en zelfs om

Ella. Ik mis ze allemaal verschrikkelijk.' Hij haalde diep adem. 'Ik wil naar huis.'

Randalf legde een zware hand op Barts schouder. 'Geloof me, beste jongen, ik zou niets liever doen dan je naar huis sturen. Maar hoe ik mijn hersens ook pijnig, op zoek naar een oplossing...' Hij haalde zijn schouders op. 'Je moet de hoop niet opgeven, Bart. De zaak heeft mijn volledige aandacht... tenminste, straks. We vinden er wel iets op. Heus. Ik kan het weten.'